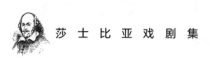

科利奥兰纳斯　裘力斯·凯撒

（英）威廉·莎士比亚 著　朱生豪 译

北方联合出版传媒(集团)股份有限公司
万卷出版公司

© （英）威廉·莎士比亚　　2014

图书在版编目（CIP）数据

科利奥兰纳斯　　裘力斯·凯撒/（英）莎士比亚著；
朱生豪译. -- 沈阳：万卷出版公司，2014.9
（莎士比亚戏剧集）
ISBN 978-7-5470-3189-6

Ⅰ.①科… Ⅱ.①莎… ②朱… Ⅲ.①悲剧－剧本－
作品集－英国－中世纪 Ⅳ.①I561.33

中国版本图书馆CIP数据核字(2014)第196362号

科利奥兰纳斯　　裘力斯·凯撒

责任编辑	周莉莉	
出 版 者	北方联合出版传媒（集团）股份有限公司	
	万卷出版公司	
联系电话	024-23284090　　010-57454988	
经　　销	各地新华书店发行	
印　　刷	北京一鑫印务有限责任公司	
版　　次	2014年10月第1版	
印　　次	2019年1月第2次印刷	
成品尺寸	155mm×220mm	
印　　张	14	
字　　数	160千字	
书　　号	978-7-5470-3189-6	
定　　价	27.80元	

目　录

科利奥兰纳斯

剧中人物

卡厄斯·马歇斯　后称卡厄斯·马歇斯·科利奥兰纳斯

泰特斯·拉歇斯　⎫
考密涅斯　　　　⎬　征伐伏尔斯人的将领

米尼涅斯·阿格立巴　科利奥兰纳斯之友

西西涅斯·维鲁特斯　⎫
裘涅斯·勃鲁托斯　　⎬　护民官

小马歇斯　科利奥兰纳斯之子

罗马传令官

塔勒斯·奥菲狄乌斯　伏尔斯人的大将

奥菲狄乌斯的副将

奥菲狄乌斯的党羽们

尼凯诺　罗马人

安息市民

阿德里安　伏尔斯人

二伏尔斯守卒

伏伦妮娅　科利奥兰纳斯之母

维吉利娅　科利奥兰纳斯之妻

凡勒利娅　维吉利娅之友

维吉利娅的侍女

罗马及伏尔斯元老、贵族、警吏、侍卫、兵士、市民、使者、奥菲狄乌斯的仆人及其他侍从等

地　点

罗马及其附近；科利奥里及其附近；安息

第一幕

第一场　罗马。街道

一群暴动的市民各持棍棒及其他武器上。

市民甲　在我们继续前进之前，先听我说句话。

众人　说，说。

市民甲　你们都下了决心，宁愿死，不愿挨饿吗？

众人　我们都下了决心了，我们都下了决心了。

市民甲　第一，你们知道卡厄斯·马歇斯是人民的最大公敌。

众人　我们知道，我们知道。

市民甲　让我们杀死他，然后我们要多少谷就有多少谷。我们就这样决定了吗？

众人　不用多说；就这么干。走，走！

市民乙　各位好市民，听我说一句话。

科利奥兰纳斯

市民甲　我们都是苦百姓，贵族才是好市民。那些有权有势的人吃饱了，装不下的东西就可以救济我们。他们只要把吃剩下来的东西趁着新鲜的时候赏给我们，我们就会以为他们是出于人道之心来救济我们；可是在他们看来，我们都是不值得救济的。我们的痛苦饥寒，我们的枯瘦憔悴，就像是列载着他们的富裕的一张清单；他们享福就是靠了我们受苦。让我们举起我们的武器来复仇，趁我们还没有瘦得只剩几根骨头。天神知道我说这样的话，只是迫于没有面包吃的饥饿，不是因为渴于复仇。

市民乙　你特别提出卡厄斯·马歇斯来作为攻击的对象吗？

市民甲　我们第一要攻击他；他是出卖群众的狗。

市民乙　你不想到他替祖国立下了什么功劳吗？

市民甲　我知道得很清楚，我也不愿抹煞他的功劳；可是他因为过于骄傲，已经把他的功劳抵销了。

市民乙　你不要恶意诽谤。

市民甲　我对你说，他所做的轰轰烈烈的事情，都只有一个目的：虽然心肠仁厚的人愿意承认那是为了他的国家，其实他只是要取悦于他的母亲，同时使他自己可以对人骄傲；骄傲便是他的美德的顶点。

市民乙　他自己也无能为力的天生的癖性，你却认为是他的罪恶。你不能说他是个贪心的人。

市民甲　要是我不能这样说他，我也不会缺少攻击他的理由；他有数不清的过失，说来也会叫人口酸。（内呼声）这是什么呼声？城那面的人们也起来了。我们还在这儿多说什么？到议会去！

众人 来，来。

市民甲 且慢！谁来啦？

        米尼涅斯·阿格立巴上。

市民乙 尊贵的米尼涅斯·阿格立巴；他是常常爱护着平民的。

市民甲 他是个好人；要是别人都像他一样就好了！

米尼涅斯 同胞们，你们现在要干些什么事？你们拿着这些棍棒到什么地方去？为了什么事？请你们告诉我。

市民甲 我们的事情元老院并不是不知道；他们这半个月来早已得到消息，知道我们将要有什么行动，现在我们就要做给他们看。人家说，穷人诉苦的时候，嘴里会发出一股可怕的气息；我们要让他们知道，我们还有一双可怕的胳臂哩。

米尼涅斯 嗳哟，列位，我的好朋友们，你们不要活命了吗？

市民甲 先生，我们早就没有命活了。

米尼涅斯 我告诉你们，朋友们，贵族们对于你们是非常关切的。你们要是把你们的穷困和饥荒归罪政府，还不如举起你们的棍棒来打天；因为这次饥荒是天神的意旨，不是贵族们造成的。政府总是尽心竭力，替你们解除种种重大的困难；你们应该屈膝哀求，不该举手反抗，这才会对你们有好处。唉！灾祸使你们迷失了本性，引导你们到更大的灾祸的路上；你们诽谤着国家的领导者，他们像慈父一样爱护你们，你们却像仇敌一样咒诅他们。

市民甲 爱护我们！真的！他们从来没有爱护过我们：让我们忍受饥寒，他们的仓库里却堆满了谷粒；颁布保护高利贷的法令；每天都在忙着取消那些不利于富人的正当的法律，重新制定束缚穷人的苛酷的条文。我们要是不死在战争里，

科利奥兰纳斯

也会死在他们手里；这就是他们对我们的爱护！

米尼涅斯　你们必须承认你们自己太会恶意猜疑，否则你们就是一群不懂好坏的傻子。我要讲一个有趣的故事给你们听，也许你们已经听见过；可是因为它适合我的目的，我要把它的意思再引伸一下。

市民甲　好，我倒要听听，先生；可是你不要以为用一个故事就可以把我们的耻辱蒙混过去。请你讲吧。

米尼涅斯　从前有一个时候，身体上的各部器官联合向肚子反抗；它们申斥它像一个无底洞似的占据在身体的中央，无所事事，其余的器官有的管看，有的管听，有的管思想，有的管教训，有的管步行，有的管感觉，分工合作，共同应付着全身的需要，只有它只知容纳食物，不知分担劳苦。肚子回答说——

市民甲　好，先生，那肚子怎么回答？

米尼涅斯　别急，让我讲给你听。——那肚子，而决非肺部，微微地露出一丝冷笑——因为你瞧，我既然可以叫肚子说话，那么当然也可以叫它微笑——带着讥讽的口气回答那些愤愤不平的、嫉妒它的收入的作乱的器官，正像你们因为元老们跟你们地位不同，所以把他们信口诽谤一样。

市民甲　你那肚子怎么回答？哼！那戴着王冠的头，那视察一切的眼睛，那运筹决策的心，那胳臂——我们的兵士，那腿——我们的坐骑，那舌头——我们的吹号人，以及其他在我们这一个组织里各尽寸劳的属僚佐贰，要是他们——

米尼涅斯　要是他们怎样？这家伙抢在我的前面说话！要是他们怎样？要是他们怎样？

市民甲　要是他们受制于饕餮的肚子，那不过是身体上的一个藏污纳垢的地方——

米尼涅斯　好，那便怎样？

市民甲　要是他们提出抗议，那肚子有什么话好回答呢？

米尼涅斯　我会告诉你的；只要你略微忍耐片刻，不要这么性急，你就可以听到肚子的回答。

市民甲　你讲话太不痛快。

米尼涅斯　听着，好朋友；这位庄严的肚子是很从容不迫的，不像攻击他的人们那样卤莽轻率，他这样回答："不错，我的全体的朋友们，"他说，"你们全体赖以生活的食物，是由我最先收纳下来的；这是理所当然的事，因为我是整个身体的仓库和工场；可是你们应该记得，那些食物就是我把它们从你们血液的河流里一路运输过去，一直传达到心的宫廷和脑的宝座；经过人身的五官百窍，最强韧的神经和最微细的血管都从我得到保持他们活力的资粮。你们，我的好朋友们，虽然在一时之间——"听着，这是那肚子说的话——

市民甲　好，好，他怎么说？

米尼涅斯　"虽然在一时之间，不能看见我怎样把食物分送到各部分去，可是我可以清算我的收支，大家都从我领回食物的精华，剩下给我自己的只是一些糟粕。"你们觉得他的话说得怎样？

市民甲　那也回答得有理。你说这一段话是什么用意呢？

米尼涅斯　罗马的元老们就是这一个好肚子，你们就是那一群作乱的器官；因为你们要是把他们所讨论、所关切的问题仔

科利奥兰纳斯

细检讨一下，把有关大众幸福的事情彻底想一想，你们就会知道你们所享受的一切公共的利益，都是从他们手里得到，完全不是靠着你们自己的力量。你以为怎样，你这一群人中间的大拇脚趾头？

市民甲 我是大拇脚趾头？为什么我是大拇脚趾头？

米尼涅斯 因为你在这一场最聪明的叛乱里，是一个最低微、最卑鄙的人，却跑在众人的最前面；你这最下贱的恶棍，为了妄图非分的利益，竟敢自居于领导的地位。可是你们准备好举起你们粗硬的棍棒来吧；罗马和她的群鼠已经到了决战的关头；总有一方不免遭殃。

卡厄斯·马歇斯上。

米尼涅斯 祝福，尊荣的马歇斯！

马歇斯 谢谢。——什么事，你们这些违法乱纪的流氓，凭着你们那些龌龊有毒的意见，使你们自己变成了社会上的疥癣？

市民甲 我们一向多承您温语相加。

马歇斯 谁要是对你们温语相加，他也会恭维他心里所痛恨的人了。你们究竟要什么，你们这些恶狗？你们既不喜欢和平，又不喜欢战争；战争会使你们害怕，和平又使你们妄自尊大。谁要是信任你们，他将会发现他所寻找的狮子不过是一群野兔，他所寻找的狐狸不过是一群鹅；你们比冰上的炭火、阳光中的雹点更不可靠。你们的美德是尊敬那犯罪的囚徒，咒诅那执法的刑官。谁立下了功德，就应该受你们的憎恨；你们的欢心就像病人的口味，只爱吃那些足以加重他的病症的食物。谁要是信赖着你们的欢心，就等于用铅造的鳍游泳，用灯心草去斩伐橡树。该死的东西！相信你们？你们每一分钟都要变换一个心，你们会称颂你们刚才所痛恨的人，唾骂你们刚才所赞美的人。你们在城里到处鼓噪，攻击尊贵的元老院，究竟是怎么一回事？倘使没有他们帮助神明把你们约束住了，使你们有一点畏惧，你们早就彼此相食了。他们究竟是什么目的？

米尼涅斯　他们要求照他们所索取的数量给他们谷物；他们说这城里藏着很多的谷物。

马歇斯　该死的东西！他们说！他们只会坐在火炉旁边，假充知道议会里所干的事；谁将要升起，谁正在得势，谁将要没落；宣布他们猜想中的婚姻；党同伐异，凡是他们所赞成的一方面，就夸赞它的强大；凡是他们所反对的一方面，就放在他们的破鞋子底下踹踏。他们说有很多的谷！要是那些贵族们愿意放下他们的慈悲，让我运用我的剑，我要尽我的枪尖所能挑到，把几千个这样的奴才杀死了堆成一座高高的尸山。

米尼涅斯　不，这些人差不多已经完全悔悟了；因为他们虽然行事十分卤莽，然而他们都是非常懦怯的。可是请问，还有那一群怎么说？

马歇斯　他们已经解散了，该死的东西！他们说他们肚子饿；叹息出一些陈腐的老话：什么饥饿可以摧毁石墙；什么狗也要吃东西；什么肉是供口腹享受的；什么天神降下五谷，不是单为富人。用这种陈词滥调，倾吐他们的不平；他们的申诉是接受了，他们的请愿也得到了准许——一个奇怪的请愿，最慷慨的人听见了也会伤心，最大胆的人瞧见了

科利奥兰纳斯

也会失色——于是他们抛掷他们的帽子，高声欢呼，好像赌赛谁可以把他的帽子挂到月亮的钩上去似的。

米尼涅斯 准许了他们什么请愿？

马歇斯 由他们自己选出五个护民官，保护他们下贱的智慧：一个是裘涅斯·勃鲁托斯，一个是西西涅斯·维鲁特斯，还有那几个我不知道——哼！如果是我的话，就让这些乌合之众把城头上的天拆毁了，也决不答应他们；这样会使他们渐渐扩展势力，引起更大的叛乱。

米尼涅斯 真是怪事。

马歇斯 去，滚回家去，你们这些废物！

　　　　　一使者匆匆上。

使者 卡厄斯·马歇斯呢？

马歇斯 这儿；什么事？

使者 将军，伏尔斯人起兵了。

马歇斯 我很高兴；我们可以有机会发泄发泄我们剩余下来的朽腐的精力了。瞧，我们的元老们来了。

　　　　　考密涅斯、泰特斯·拉歇斯及其他元老；裘涅斯·勃
　　　　　鲁托斯、西西涅斯·维鲁特斯等同上。

元老甲 马歇斯，您最近对我们说的话不错；伏尔斯人果然起兵了。

马歇斯 他们有一个领袖，塔勒斯·奥菲狄乌斯，你们就会知道他的厉害。我很嫉妒他的高贵的品格，倘然我不是我，我就希望我是他。

考密涅斯 您曾经跟他交战过。

马歇斯 要是整个世界分成两半，互相厮杀，而他竟站在我这一方面，那么我为了要跟他交战的缘故，也会向自己的一方叛变：能够猎逐像他这样一头狮子，是我所认为一件可以自傲的事。

元老甲 　那么，尊贵的马歇斯，跟随考密涅斯出征去吧。

考密涅斯 　这是您已经答应过的。

马歇斯 　是的，我决不食言。泰特斯·拉歇斯，你将要再见我向塔勒斯挥剑。怎么！你动也不动？你想置身事外吗？

拉歇斯 　不，卡厄斯·马歇斯；即使我必须一手扶杖而行，我也要用另一手挥杖从征，决不后人。

米尼涅斯 　啊！这才是英雄本色！

元老甲 　请你们各位驾临议会；我们那些最高贵的朋友们都在那里等着我们。

拉歇斯 　（向考密涅斯）您先走；（向马歇斯）您跟在考密涅斯后面；我们必须跟在您的后面。

考密涅斯 　尊贵的马歇斯！

元老甲 　（向众市民）去！各人回家去！去！

马歇斯 　不，让他们跟着来吧。伏尔斯人有许多谷；带这些耗子去吃空他们的谷仓吧。敬天畏上的叛徒们，你们已经表现了非常的勇敢；请你们跟着来吧。（众元老、考密涅斯、马歇斯、泰特斯、米尼涅斯同下；众市民偷偷散开。）

西西涅斯 　你见过像这个马歇斯一样骄傲的人吗？

勃鲁托斯 　没有人可以和他相比。

西西涅斯 　当我们被选为护民官的时候——

勃鲁托斯 　你没有留心到他的嘴唇和眼睛吗？

西西涅斯 　他那种冷嘲热讽才叫人难堪呢。

科利奥兰纳斯

11

勃鲁托斯 碰到他动怒的时候，天神也免不了挨他一顿骂。

西西涅斯 温柔的月亮也要遭他的讥笑。

勃鲁托斯 这些战争把他葬送了；他已经变得这样骄傲，不会再像从前那样勇敢了。

西西涅斯 这样一种性格，在受到胜利的煽动以后，会瞧不起正午时候他所践踏的自己的影子。可是我不知道凭着他这种傲慢的脾气，怎么能够俯首接受考密涅斯的号令。

勃鲁托斯 他的目的只是争取名誉，他现在也已经有很好的名誉；一个人要保持固有的名誉，获得更大的名誉，最好的办法就是处在亚于领袖的地位；因为要是有过错的话，就可以归咎于主将，虽然他已经尽了最大的能力；盲目的舆论就会替马歇斯发出惋惜的呼声，"啊！要是他担负了这个责任就好了！"

西西涅斯 而且，要是事情进行得顺利的话，舆论因为一向认定马歇斯是他们的英雄，考密涅斯的功劳也会被他埋没。

勃鲁托斯 对了，即使马歇斯没有出一点力，考密涅斯的一半的光荣也是属于他的；考密涅斯的一切错处，对于马歇斯也会变成光荣，虽然他不曾立下一点功劳。

西西涅斯 让我们去听听他们怎样调兵遣将；还要看看他除了这一副孤僻的神气以外，是用怎样的态度出发作战的。

勃鲁托斯 我们去吧。（同下。）

12

第二场　科利奥里。元老院

塔勒斯·奥菲狄乌斯及众元老上。

元老甲　所以照您看来，奥菲狄乌斯，罗马人已经预闻我们的计谋，知道我们行动的情形了。

奥菲狄乌斯　那不也是您的意见吗？凡是我们这儿所想到的事情，哪一件不是在我们还没有把它实行以前，罗马就已经准备好对策了？自从我得到那边来的消息以后，到现在还不满四天；那消息是这样的：我想这封信还在我身边；是的，在这儿。"他们已经调遣一支军队，不知道是开向东方去的还是开向西方去的。饥荒很是严重；民不聊生，人心思乱。据闻那支军队由考密涅斯、马歇斯——你的旧日的敌人，罗马人恨他比你还要厉害——和泰特斯·拉歇斯——一个非常勇敢的罗马人——这三个人率领；大概是要开到你们边境上来的，请考虑考虑吧。"

元老甲　我们的军队已经在战场上；我们相信罗马一定准备着迎战了。

奥菲狄乌斯　你们以为把你们伟大的计划遮掩一下，让它到最后的关头方才暴露出来，是一个很聪明的办法；可是当它正在进行的时候，就已经被罗马人知晓了。我们本来预备趁罗马还没有知道我们计划以前，就用迅雷不及掩耳的手段，占领许多城市，现在消息已经泄漏，我们的计划也要受到影响了。

元老乙　尊贵的奥菲狄乌斯，请您接受我们的委任，赶快到军前

科利奥兰纳斯

去；让我们守卫科利奥里。要是他们兵临我们城下，您就带领军队回来把他们赶走；可是我想他们一定还没有防备我们的进攻。

奥菲狄乌斯　啊！那可不能这么说；我可以确定说他们已经有充分的准备。不但如此，他们一部分军队已经出发，把我们这儿作为唯一的目标。我去了。要是我有机会碰见卡厄斯·马歇斯，那么我们曾经立誓在先，一定要战到精疲力尽方才罢手。

众元老　愿神明帮助您！

奥菲狄乌斯　愿你们各位平安！

元老甲　再会！

元老乙　再会！

众元老　再会！（各下。）

第三场　罗马。马歇斯家中一室

伏伦妮娅及维吉利娅上，各坐矮凳上做针线。

伏伦妮娅　媳妇，你唱一支歌吧，或者让你自己高兴一点儿。倘然我的儿子是我的丈夫，我宁愿他出外去争取光荣，不愿他贪恋着闺房中的儿女私情。当年，他还只是一个身体娇嫩的孩子，我膝下还只有他这么一个儿子，他的青春和美貌正吸引着众人的注目，就在这种连帝王们的整天请求也都不能使一个母亲答应让她的儿子离开她眼前一小时的时候，我因为想到名誉对于这样一个人是多么重要，要是让他默默无闻地株守家园，岂不等于一幅悬挂在墙上的画像？所以就放他出去追寻危险，从危险中间博取他的声名。我让他参加一场残酷的战争；当他回来的时候，他的头上戴着橡叶的荣冠。我告诉你，媳妇，我第一次知道他是个男孩子的时候，还不及第一次看见他已经变成一个堂堂男子的时候那样喜欢得跳跃起来。

维吉利娅　婆婆，要是他战死了呢？

伏伦妮娅　那么他的不朽的声名就是我的儿子，就是我的后裔。听我说句真心话：要是我有十二个儿子，我都同样爱着他们，就像爱着我们亲爱的马歇斯一样，我也宁愿十一个儿子为了他们的国家而光荣地战死，不愿一个儿子闲弃他的大好的身子。

　　　　　　　侍女上。

侍女　太太，凡勒利娅夫人来瞧您来啦。

维吉利娅　请您准许我进去。

伏伦妮娅　不，你不要进去。我仿佛已经听见你丈夫的鼓声，看见他拉着奥菲狄乌斯的头发把他摔下马来，那些伏尔斯人见了他就像小孩子见了一头熊似的纷纷逃避；我仿佛看见他这样顿足高呼，"上前，你们这些懦夫！虽然你们是罗马人，你们却是在恐惧中生下来的。"他用套着甲的手揩去他额角上的血，奋勇前进，好像一个割稻的农夫，倘使不把所有的稻一起割下，主人就要把他解雇一样。

维吉利娅　他额角上的血！朱庇特啊！不要让他流血！

伏伦妮娅　去，你这傻子！那样才更可以显出他的英武的雄姿，远胜于那些辉煌的战利品，当赫卡柏乳哺着赫克托的时候，

科利奥兰纳斯

她的丰美的乳房还不及赫克托流血的额角好看，当他轻蔑地迎着希腊人的剑锋的时候。——请凡勒利娅夫人进来。

（侍女下。）

维吉利娅　上天保佑我的丈夫不要遭奥菲狄乌斯的毒手！

伏伦妮娅　他会把奥菲狄乌斯的头打到他膝盖底下去，在他的脖子上践踏。

　　　　　　　侍女率凡勒利娅及阍者重上。

凡勒利娅　两位夫人早安。

伏伦妮娅　好夫人。

维吉利娅　今天幸会夫人，不胜欣慰。

凡勒利娅　你们两位都好？真是一对贤主妇！你们在这儿缝些什么？好一处清净的所在。小哥儿好吗？

维吉利娅　谢谢夫人，他很好。

伏伦妮娅　他宁愿看刀剑听鼓声，不愿见教书先生的面。

凡勒利娅　真是有其父必有其子；我可以发誓他是一个很可爱的孩子。不瞒你们说，星期三那天我曾经瞧了他足足半个钟头；他有这么一副坚决的面孔。我见他追赶着一只金翅的蝴蝶，捉到了手又把它放走，放走了又去追它；这么奔来奔去，捉了放、放了捉，也不知道是因为跌了一跤呢，还是因为别的缘故，他发起脾气来，咬紧了牙关，把那蝴蝶撕碎了；啊！瞧他撕的时候那股劲儿！

伏伦妮娅　他父亲也是这样的脾气。

凡勒利娅　真是一个不同凡俗的孩子。

维吉利娅　一个顽皮的孩子，夫人。

凡勒利娅　来，放下你们的针线；今天下午我要你们陪我玩去。

维吉利娅　不，好夫人，今天我不出去。

凡勒利娅　不出去！

伏伦妮娅　偏要她出去。

维吉利娅　不，真的，请您原谅；在我的丈夫打仗没有回来以前，我决不迈出门槛一步。

伏伦妮娅　胡说！你不应该这样毫无理由地把你自己关在家里。来，你必须去访问访问那位害病的好夫人。

维吉利娅　我愿意祝她早日恢复健康，替她诚心祈祷；可是我不能去。

伏伦妮娅　为什么呢，请问？

维吉利娅　不是因为偷懒，也不是因为我冷酷无情。

凡勒利娅　你要做珀涅罗珀①第二吗？可是人家说，她在俄底修斯出去以后所纺的纱线，不过使伊塔刻充满了飞蛾一般的食客而已。来；我希望你手里的布也像你的手指一样有知觉，那么你因为心怀不忍，也许不会再用针去刺它了。来，你必须跟我们一块儿去。

维吉利娅　不，好夫人，原谅我；真的，我不想出去。

凡勒利娅　真的，你跟我去吧；我会告诉你关于尊夫的好消息。

维吉利娅　啊，好夫人，现在还不会就有好消息哩。

凡勒利娅　真的，我不是对你说笑话；昨天晚上他有信来。

维吉利娅　真的吗，夫人？

凡勒利娅　真的，不骗你；我听见一个元老说起。据说，伏尔斯

---

①珀涅罗珀是俄底修斯之妻，以贞节著称，在家乡等候了俄底修斯二十年。

人有一支军队开了过来，我们的主将考密涅斯已经带了一部分罗马军队前去迎敌了；尊夫和泰特斯·拉歇斯两人已经在他们的科利奥里城前扎下营寨，他们深信一定会在短时期内获得胜利。凭着我的名誉发誓，这是真的；所以请你陪我们去吧。

维吉利娅　请您多多原谅，好夫人；我以后什么都听从您就是了。

伏伦妮娅　随她去，夫人；照她现在这种样子，叫她同去也会扫我们的兴。

凡勒利娅　真的，我也这样想。那么再见吧。来，好夫人。维吉利娅，请你还是把你的忧愁撵出门外，跟我们一块儿去吧。

维吉利娅　不，夫人，我真的不去。我愿您快乐。

凡勒利娅　那么好，再见。（同下。）

第四场　科利奥里城前

　　　旗鼓前导；马歇斯、泰特斯·拉歇斯、军官、兵士等上；一使者自对面上。

马歇斯　有人带消息来了；我可以打赌他们已经相遇了。

拉歇斯　我用我的马赌你的马，他们还没有相遇。

马歇斯　好，一言为定。

拉歇斯　算数。

马歇斯　喂，我们的元帅有没有跟敌人相遇？

使者　他们已经彼此相望，可是还没有交锋。

拉歇斯　这匹好马是我的啦。

马歇斯　我向你买回来。

拉歇斯　不，我不愿把它出卖或是送人；可是我愿意借给你骑五十年。让我们招降这城市吧。

马歇斯　那两支军队离这儿有多远？

使者　有一哩半光景。

马歇斯　那么我们可以互相听见鼓角的声音了。战神啊，请你默佑我们马到功成，好让我们立刻转过头来，挥舞我们热腾腾的利剑，去帮助我们战地上的友人！来，吹起喇叭来。

　　　　　议和信号；二元老及余人等在城墙上出现。

马歇斯　塔勒斯·奥菲狄乌斯在你们城里吗？

元老甲　不，没有一个人比他更不把你放在心上了。听，我们的鼓声（远处鼓声）正在召唤我们的青年们杀出去；我们宁愿推倒我们自己的城墙，也不愿被困在城内；我们的城门瞧上去虽然还是关得紧紧的，可是它们不过是用灯心草拴住的，等会儿就会自己打开。你听，远方的声音！（远处号角声）那是奥菲狄乌斯；听，他正在向你们那七零八落的军队大施挞伐。

马歇斯　啊！他们在交战了！

拉歇斯　让他们喧呼的声音鼓起我们的勇气。来，梯子！

　　　　　一队伏尔斯兵士上，自台前经过。

马歇斯　他们不怕我们，却从城里蜂拥而出。现在把你们的盾牌挡在胸前，鼓起你们比盾牌更坚强的斗志，努力杀敌吧！上去，勇敢的泰特斯；想不到他们竟会这样藐视我们，把我气得出了一身汗。来啊，弟兄们；谁要是退缩不前，我就把他当作一个伏尔斯人，叫他死在我的剑下。

科利奥兰纳斯

号角声；罗马人败退；马歇斯重上。

马歇斯　南方的一切瘟疫都降在你们身上，你们这些罗马的耻辱！愿你们浑身长满毒疮恶病，在逆风的一哩路之外就会互相传染，人家只要一闻到你们的气息就会远远退避。你们这些套着人类躯壳的蠢鹅的灵魂！猴子们都会把他们打退的一群奴才，也会把你们吓得乱奔乱窜！该死！你们都是背后受伤；背上流着鲜红的血，脸却因为奔逃和恐惧而变成了灰白！提起勇气来，向他们反攻！否则凭着天上的神火起誓，我要丢下敌人，向你们作战了；留心着吧。上去；要是你们奋勇坚持，我们一定要把他们打回他们妻子的怀抱里去。

号角声；伏尔斯人及罗马人重上交战；伏尔斯人败退城内，马歇斯追至城门口。

马歇斯　现在城门开了；大家出力！命运打开它们，是为了追赶的人，不是为了逃走的人；瞧着我的样子，跟我来吧！

（进城门。）

兵士甲　简直是蛮干！我可不来。

兵士乙　我也不高兴。（马歇斯被关在城内。）

兵士丙　瞧，他们把他关在里面了。

众人　他这回准要送命了。（号角声继续吹响。）

泰特斯·拉歇斯重上。

拉歇斯　马歇斯怎样啦？

众人　他一定被杀了，将军。

兵士甲　他紧紧追赶着那些逃走的敌人，一直追进了城里，突然之间他们把城门关上了，剩下他一个人在里面应付全城的

20

敌人。

拉歇斯 啊，英勇的壮士！当他的无情的刀剑锋摧刃折的时候，他那有知的血肉之躯依旧昂然不屈。你被我们遗弃了，马歇斯；一颗像你的身体那么大的完整的红玉，也比不上你珍贵。你是一个恰如凯图①理想的军人，不但在挥舞刀剑的时候勇猛惊人，你的威严的怒容，你的雷鸣一样的声音，也会使敌人丧胆，就像整个世界在害着热病而颤栗一样。

　　　　　马歇斯被敌众围攻流血重上。

兵士甲 将军，瞧！

拉歇斯 啊！那是马歇斯！让我们救他出来，否则大家都要像他一样了。（众人上前激战，同进城内。）

第五场　科利奥里。街道

　　　　　若干罗马兵士携战利品上。

兵士甲 我要把这带回罗马去。

兵士乙 我要把这带回去。

兵士丙 倒霉！我还以为这是银子哩。（远处号角声仍继续不断。）

　　　　　马歇斯及泰特斯·拉歇斯上，一喇叭手随上。

马歇斯 瞧这些家伙倒是一分钟也不肯放松！垫子、铅汤匙、小小的铁器、刽子手也懒得剥下来的死刑犯身上的囚衣，这些下贱的奴才不等打完仗，就忙着收拾起来了。都是该死

――――――――――――

①凯图（Cato，公元前234-公元前149），古罗马的爱国军人。

的东西！听，元帅在那边厮杀得那么热闹！我们也去助战去！我灵魂里痛恨的仇人，奥菲狄乌斯，正在那儿杀戮着我们的罗马人。勇敢的泰特斯，你分一部分军队在城里扫荡扫荡，我再带着那些有勇气的，立刻就去接应考密涅斯。

拉歇斯　将军，你在流血呢；你已经战得太辛苦啦，该休息休息才是。

马歇斯　不要恭维我；我还没有杀上劲来呢。再见。这一点点血，可以鼓起我的勇气，有什么要紧；我要照这样子去和奥菲狄乌斯交战。

拉歇斯　但愿命运女神深深地恋爱着你；凭着她的无边的法力，使你的敌人的剑每击不中！勇敢的将军，愿胜利伴随着你！

马歇斯　愿命运同样照顾着你！再见。

拉歇斯　英勇绝伦的马默斯！（马歇斯下）去，在市场上吹起你的喇叭来；召集全城的官吏，让他们明白我们的意旨。去！（各下。）

第六场　考密涅斯营帐附近

考密涅斯率军队自前线退却。

考密涅斯　弟兄们，休息一会儿；你们打得不错。我们没有失去罗马人的精神，既不愚蠢地作无益的牺牲，在退却的时候，也没有露出懦怯的丑态。相信我，诸位，敌人一定还要向我们进攻。我们正在激战的时候，可以断断续续地听到从风里传来的我们友军和敌人激战的声音。罗马的神明啊！

愿你们护佑他们获得胜利，正像我们希望自己获得胜利一样；当我们含笑相遇的时候，我们一定会向你们呈献感谢的祭礼。

> 一使者上。

考密涅斯 你带什么消息来了？

使者 科利奥里的市民从城里蜂拥而出，和拉歇斯、马歇斯两人的军队交战；我看见我们的军队被他们击退，就离开那儿了。

考密涅斯 你的话虽然是真，却不是好消息。那是多久以前的事？

使者 一个多钟头了，元帅。

考密涅斯 一共不到一哩路，我们曾经听到过一阵短促的鼓声；你怎么一哩路要走一个钟头，到现在才把这消息送来？

使者 伏尔斯人的探子跟住了我，我不得不绕圈子走了三四哩路；要不然的话，元帅，我在半点钟以前早就把消息送来了。

考密涅斯 那边来的是谁？瞧他的样子，好像碰见过强盗一般。嗳哟！他的神气有点儿像马歇斯；我从前也见过他这副模样的。

马歇斯 （在内）我来得太迟了吗？

考密涅斯 正像牧羊人听见雷声就知道它不是鼓声一样，我一听见马歇斯讲话的声音，就知道那不会是一个卑微的人在讲话。

> 马歇斯上。

马歇斯 我来得太迟了吗？

科利奥兰纳斯

23

考密涅斯　是的，要是你身上染着的不是别人的血，而是你自己的血，那么你是来得太迟了。

马歇斯　啊！让我用就像我求婚时候一样坚强的胳臂拥抱你，让我用花烛送我们进入洞房的时候那样喜悦的心拥抱你！

考密涅斯　战士中的英华！泰特斯·拉歇斯怎样啦？

马歇斯　他正在忙得像一个法官一样：把有的人处死、有的人放逐、有的人罚款，有的人得到了赦免，有的人受到了警告；科利奥里已经隶属于罗马的名义之下，像一头用皮带束住的摇尾乞怜的猎狗，不怕它逃到哪儿去了。

考密涅斯　告诉我说他们已经把你们击退的那个奴才呢？他到哪儿去了？叫他来。

马歇斯　不要责骂他；他并没有虚报事实。可是我们的那些士兵——死东西！他们还要护民官！——他们见了比他们自己更不中用的家伙，也会逃得像耗子见了猫儿似的。

考密涅斯　可是你们怎么会得胜呢？

马歇斯　现在还有时间讲话吗？敌人呢？你们是不是已经占到优势？倘然不是，那么你们为什么停了下来？

考密涅斯　马歇斯，我们因为实力不及敌人，所以暂避锋芒，以退为进。

马歇斯　他们的阵地布置得怎样？你知道他们的主力是在哪一方面？

考密涅斯　照我的推测，马歇斯，他们的先锋部队是他们最信任的安息地方部队，统辖他们的将领就是他们全军希望所寄的奥菲狄乌斯。

马歇斯　为了我们过去并肩作战的历次战役，为了我们共同流过的血，为了我们永矢友好的盟誓，我请求你立刻派我去向奥菲狄乌斯和他的安息地方部队挑战；让我们不要坐失时机，赶快挺起我们的刀剑枪矛来，就在这一小时内和他们决一胜负。

考密涅斯　我虽然希望用香汤替你沐浴，用油膏敷擦你的伤痕，可是我决不敢拒绝你的请求；请你自己选择一队最得力的人马带领前去吧。

马歇斯　只要是有胆量跟我去的，就是我所要选择的人。我相信在这儿一定有喜欢像我身上所涂染的这种油彩的人；我也相信在这儿一定有畏惧恶名甚于生命危险的人；我更相信在这儿一定有认为蒙耻偷生不如慷慨就义、祖国的荣誉胜过个人幸福的人：要是在你们中间有一个这样的人，或是有许多人都抱着这样的思想，就请挥起剑来，跟随马歇斯去。（众人高呼挥剑，将马歇斯举起，脱帽抛掷）啊！只有我一个人吗？你们把我当作你们的剑吗？要是这不单单是形式上的表示，那么你们中间哪一个人不可以抵得过四个伏尔斯人？哪一个人不可以举起坚强的盾牌来，抵御伟大的奥菲狄乌斯？谢谢你们全体，可是我只要选择一部分人就够了；其余的必须静候号令，在别的战争里担起你们的任务来。现在请大家开步前进；我要立刻挑选那些最胜任的人。

考密涅斯　前进，弟兄们；把你们所表示的雄心壮志付诸实践，你们将和我们分享一切。（同下。）

第七场 科利奥里城门

泰特斯·拉歇斯在科利奥里布防完毕后，率兵士及鼓角等出城往考密涅斯及马歇斯处会合，一副将及一探子随上。

拉歇斯 就是这样；各个城门都要用心防守，按照我的命令行事，不可怠忽职务。要是我差人来，你就传令这些队伍开拔赴援，留少数人暂时驻守：要是我们在战场上失败了，这一个城也是守不住的。

副将 我们一定尽我们的责任，将军。

拉歇斯 去，把城门关上。带路的人，来，领我们到罗马军队的阵地上去。（各下。）

第八场 罗马及伏尔斯营地之间的战场

号角声；马歇斯及奥菲狄乌斯自相对方向上。

马歇斯 我只要跟你厮杀，因为我恨你比恨一个背约的人还厉害。

奥菲狄乌斯 我也同样恨你；没有一条非洲的毒蛇比你的名誉和狠毒更使我憎恨。站定你的脚跟。

马歇斯 要是谁先动脚跑，让他做对方的奴隶而死去，死后永远不得超生！

奥菲狄乌斯 马歇斯，要是我逃走，你就把我当做一头兔子一样呼唤。

马歇斯 塔勒斯，过去三小时以内，我独自在你们科利奥里城里奋战，所向无敌；你看见我脸上所涂着的，不是我自己的血；你要是不服气的话，快来跟我拚命吧。

奥菲狄乌斯　即使你就是你们所夸耀的老祖宗赫克托自己，我今天也不放你活命。（二人交战，若干伏尔斯人趋前援助奥菲狄乌斯）你们这些多事的、没有勇气的东西，谁要你们来帮我，丢我的脸。（马歇斯驱众人入内且战且下。）

第九场　罗马营地

> 号角声；吹归营号；喇叭奏花腔。考密涅斯及罗马兵士一队自一方上，马歇斯以巾裹臂伤，率另一队罗马兵上自另一方上。

考密涅斯　要是我向你追叙你这一天来的工作，你一定不会相信你自己所干的事。可是我要回去向他们报告，让那些元老们的喜笑里掺杂着眼泪；让那些贵族们耸肩倾听，终于赞叹；让那些贵妇们惊怖失色，欢喜战栗，要求再闻其详；让那些麻木不仁、和顽固的平民一鼻孔出气、痛恨着你的尊荣的护民官们，也不得不违背他们的本心，说，"感谢神明，我们罗马有这样一位军人！"

> 泰特斯·拉歇斯率所部兵士追踪而至。

拉歇斯　啊，元帅，这儿才是一匹骏马，我们都不过是些鞍鞯鞘；要是你看见——

马歇斯　请你别说了。当我的母亲赞美我的时候，我就会心中不安，虽然她是有夸扬她自己骨肉的特权的。我所做的事情

科利奥兰纳斯

不过跟你们所做的一样，各人尽各人的能力；我们的动机也只有一个，大家都是为了自己的国家。谁只要克尽他良心上的天职，他的功劳就应该在我之上。

考密涅斯　你的功劳是不能埋没的；罗马必须知道她自己的健儿的价值。隐蔽你的勋绩，比偷窃诽谤的罪恶更大。所以我请求你，为了表扬你的本身，不是酬答你的辛劳，听我在全军将士面前说几句话。

马歇斯　我身上的剑痕尚新，它们听见人家提起它们的时候，就会作痛的。

考密涅斯　它们不应该因此作痛；它们只会因忘恩负义而溃烂，因死亡而治愈。在我们所虏获的无数强壮的战马之中，在我们从战地上和城中所搜得的一切珍宝财物之中，我们把十分之一分送给你；你可以在当众分配的时候，凭你自己的意思挑选。

马歇斯　谢谢你，元帅；可是我不能同意让我的剑受人贿赂。恕我拒绝你的盛情；我愿意和参与这次战役的人受同等的待遇。（喇叭奏长花腔；众高呼"马歇斯！马歇斯！"抛掷帽、枪；考密涅斯、拉歇斯脱帽立）愿这些被你们亵渎的乐器不再发出声音！当战地上的鼓角变成媚人的工具的时候，让宫廷和城市里都充斥着口是心非的阿谀趋奉吧！快别这样了！我只是没有洗净我流血的鼻子，我只是打败了几个孱弱的家伙，这是这儿的许多弟兄都跟我同样干过的事，虽然没有人注意到他们；你们就这样把我过分吹捧，好像我喜欢让我这一点儿微功薄能，用掺和着谎语的赞美大加渲染似的。

考密涅斯　你太谦虚了；你不但蔑视我们对你的至诚的称颂，尤其对于你自己的美好的声名，也未免过于苛刻。请不要见怪，要是你会对你自己动怒，那么我们要把你当作一个危险人物一样，替你加上镣铐，然后放胆跟你辩论。让全世界知道，卡厄斯·马歇斯戴着这一次战争的荣冠，为了纪念他的功勋，我送给他我这一匹全军知名的骏马，以及它所附带的一切装具；从今以后，为了他在科利奥里所建树的奇功，在我们全军欢呼声中，他将被称为卡厄斯·马歇斯·科利奥兰纳斯！让他永远光荣地戴上这一个名字！

众人　卡厄斯·马歇斯·科利奥兰纳斯！（喇叭奏花腔；鼓角齐鸣。）

科利奥兰纳斯　我要去洗个脸；等我把脸洗净以后，你们就可以看见我有没有惭愧的颜色。可是我谢谢你们。我准备跨上你的骏马，尽我所有的能力，永远保持着你们加于我的美名。

考密涅斯　好，我们回营去；在我们解甲安息以前，还要先给罗马去信，报告我们的胜利。泰特斯·拉歇斯，你必须回到科利奥里，叫他们派代表到罗马去，为了彼此双方的利益，和我们商订议和的条款。

拉歇斯　是，元帅。

科利奥兰纳斯　天神要开始讥笑我了。我刚才拒绝了最尊荣的礼物，现在却不得不向元帅请求一个小惠。

考密涅斯　无论什么要求，我都可以允许你。你说吧。

科利奥兰纳斯　我从前曾经在这儿科利奥里城里向一个穷汉借宿过一宵，他招待我非常殷勤。我看见他已经成为我们的俘虏，他见了我就向我高呼求助；可是因为那时奥菲狄乌斯在我的眼前，愤怒吞蚀了我的怜悯，我没有理会他；请您让我的可怜的居停主人恢复自由吧。

考密涅斯　啊！这是一个很好的请求！即使他是杀死我儿子的凶手，我也要让他像风一样自由。泰特斯，把他放了。

拉歇斯　马歇斯，他的名字呢？

科利奥兰纳斯　天哪！我忘了。我很疲倦；嗯，我懒得记忆。我们这儿没有酒吗？

考密涅斯　我们回营去。你脸上的血也干了；我们应当赶快替你调护调护。来。（同下。）

第十场　伏尔斯人营地

喇叭奏花腔；吹号筒。塔勒斯·奥菲狄乌斯流血上，二、三兵士随上。

奥菲狄乌斯　我们的城市被占领了！

兵士甲　只要条件讲得好，它会还给我们的。

奥菲狄乌斯　条件！把自己的运命听任他人支配的一方，还会有什么好条件！马歇斯，我已经跟你交战过五次了，五次我都被你打败；要是我们相会的次数就像吃饭的次数一样多，我相信你也会每次把我打败的。天地为证，要是我再有机会当面看见他，不是我杀死他，就是他杀死我。我对他的敌视已经使我不能再顾全我的荣誉；因为我既不能堂堂正正地以剑对剑，用同等的力量取胜他，凭着愤怒和阴谋，也要设法叫他落在我的手里。

兵士甲　他简直是个魔鬼。

奥菲狄乌斯　他比魔鬼还大胆，虽然没有魔鬼狡猾。他使我的勇
气受到了毁损；我的怨毒一见了他，就会自己飞出来。不
论在他睡觉、害病或是解除武装的时候，不论在圣殿或神
庙里，不论在教士的祈祷或在献祭的时辰，所有这一切阻
止复仇的障碍，都不能运用它们陈腐的特权和惯例，禁止
我向马歇斯发泄我的仇恨。要是我在无论什么地方找到了
他，即使他是在我自己的家里，在我的兄弟的保护之下，
我也要违反好客的礼仪，在他的胸膛里洗我的凶暴的手。
你们到城里去探听探听敌人占领的情形，以及将要到罗马
去做人质的是哪一些人。

兵士甲　您不去吗？

奥菲狄乌斯　我在柏树林里等着，它就在磨坊的南面；请你探到
了外边的消息以后，就到那儿告诉我，让我可以决定应当
怎样走我的路。

兵士甲　是，将军。（各下。）

科利奥兰纳斯

第二幕

第一场　罗马。广场

米尼涅斯、西西涅斯及勃鲁托斯上。

米尼涅斯　占卜的人告诉我，我们今晚将有消息到来。

勃鲁托斯　好消息还是坏消息？

米尼涅斯　这消息不是人民所希望听到的，因为他们对马歇斯没有好感。

西西涅斯　畜生也知道谁是他们的友人。

米尼涅斯　请问，狼喜欢什么？

西西涅斯　羔羊。

米尼涅斯　对了，因为它可以吃它，正像那些饥饿的平民恨不得把尊贵的马歇斯吃下去一般。

勃鲁托斯　他真是一头羔羊！吼起来却像一头熊。

米尼涅斯 他真是一头熊！却过着羔羊一般的生活。你们两位都是老人家了；让我问你们一件事情，请你们告诉我。

西西涅斯、勃鲁托斯 好，你说。

米尼涅斯 马歇斯究竟有些什么重大的缺点，这种缺点是不是也可以从你们两位身上同样找出许多来呢？

勃鲁托斯 任何缺点他都不缺少，所有的缺点他都齐备。

西西涅斯 尤其是骄傲。

勃鲁托斯 他的自负更可以凌越一切。

米尼涅斯 这可奇了。你们两位知道我们这城里的人，我的意思是说，我们在军中有地位的人怎样批评你们吗？

西西涅斯、勃鲁托斯 他们怎样批评我们？

米尼涅斯 因为你们现在说起骄傲——你们不会生气吗？

西西涅斯、勃鲁托斯 好，好，你说吧。

米尼涅斯 好，那也没有什么关系；因为本来就是芝麻大的一点小事，也会使你们大发脾气的。把你们的火性耐一耐；要是你们一定要动怒，那也随你们的便。你们怪马歇斯太骄傲吗？

勃鲁托斯 这不单是我们两人的意见。

米尼涅斯 我知道单单凭着你们两个人，是再也干不出什么大事情来的；你们的助手太多了，否则你们的行动就会变成非常简单；你们的能力太幼稚了，只好因人成事。你们说起骄傲；啊！要是你们能够转过眼睛来看看你们自己的背后，把你们自己反省一下！啊，要是你们能够！

勃鲁托斯 那便怎样呢？

米尼涅斯 那时候你们就可以看见一双全罗马最骄傲狂妄、无功

科利奥兰纳斯

受禄的官儿，换句话说，全罗马一对最大的傻瓜。

西西涅斯　米尼涅斯，谁都知道你是个怎样的人。

米尼涅斯　谁都知道我是个喜欢说说笑话的贵族，也喜欢喝杯不掺水的热酒；人家说我有点先入为主，太容易大惊小怪；我喜欢作长夜之宴，不高兴日出而作；想到什么就要说出来，不让一些芥蒂留在心里。碰到像你们这样的两位贵人——恕我不能称你们为圣人——要是你们给我喝的酒不合我的口味，我就会向它扮鬼脸；要是你们所发表的高论，大部分都是些驴子叫，我也不敢恭维你们讲得不错；虽然人家要是说你们是两位尊严可敬的长者，我也只好不去跟他们争论，可是谁说你们长着很好的相貌，就是说了一个大谎。你们要是从我的为人里看出这一点，就算你们了解我了吗？即使算你们了解了我，那么以你们昏瞆的眼光，又能从我的这种品性里看出什么缺点来呢？

勃鲁托斯　算了，算了，我们了解你是个怎样的人。

米尼涅斯　你们既不了解我，也不了解你们自己，你们什么都不了解。只要那些苦人们向你们脱帽屈膝，你们就觉得踌躇满志。你们费去整整的一个大好下午，审判一个卖橘子的女人跟一个卖塞子的男人涉讼的案件，结果还是把这场三便士的官司宣布延期判决。当你们正在听两造辩论的时候，要是突然发起疝气痛来，你们就会现出一脸的怪相，暴跳如雷，一面连声喊拿便壶来，一面斥退两造，好好一件案子，给你们越审越糊涂；纠纷没有解决，两下里只是挨你们骂了几声混蛋。你们真是一对奇怪的宝贝。

勃鲁托斯　算了，算了，大家都知道你在筵席上是一个嬉笑怒骂的好手，在议会里却是一个毫无用处的人物。

米尼涅斯　我们的教士们见了你们这种荒唐的家伙，也会忍不住把你们嘲笑。你们讲得最中肯的时候，那些话也不值得你们挥动你们的胡须；讲到你们的胡须，那么还不配塞在一个拙劣的椅垫或是驴子的驮鞍里。可是你们一定要说马歇斯是骄傲的；按照最低的估计，他也抵得过你们所有的老前辈合起来的价值，虽然他们中间有几个最有名的人物也许是世代相传的刽子手。晚安，两位尊驾；你们是那群畜类一般的平民的牧人，我再跟你们谈下去，我的脑子也要沾上污秽了；恕我失礼少陪啦。（勃鲁托斯、西西涅斯退至一旁。）

伏伦妮娅，维吉利娅及凡勒利娅上。

米尼涅斯　啊，我的又美丽又高贵的太太们，月亮要是降下尘世；也不会比你们更高贵；请问你们这样热烈地在望着什么？

伏伦妮娅　正直的米尼涅斯，我的孩子马歇斯来了；为了天后朱诺的爱，让我们去吧。

米尼涅斯　哈！马歇斯回来了吗？

伏伦妮娅　是的，尊贵的米尼涅斯，他载着胜利的荣誉回来了。

米尼涅斯　让我向您脱帽致敬，朱庇特，我谢谢您。呵！马歇斯回来了！

伏伦妮娅、维吉利娅　是的，他真的回来了。

伏伦妮娅　瞧，这儿是他写来的一封信。他还有一封信给政府，还有一封给他的妻子；我想您家里也有一封他写给您的信。

米尼涅斯　我今晚要高兴得把我的屋子都掀翻了。有一封信给我！

科利奥兰纳斯

35

维吉利娅 是的，真的有一封信给您；我看见的。

米尼涅斯 有一封信给我！读了他的信可以使我七年不害病，在这七年里头，我要向医生撇嘴唇；比起这一味延年却病的灵丹来，药经里最神效的药方也只算江湖医生的草头方，只好胡乱给马儿治治病。他没有受伤吗？他每一次回来的时候，总是负着伤的。

维吉利娅 啊，不，不，不。

伏伦妮娅 啊！他是受伤的，感谢天神！

米尼涅斯 只要受伤不厉害，我也要感谢天神。他把胜利放进他的口袋里了吗？受了伤才更可以显出他的英雄。

伏伦妮娅 他把胜利高悬在额角上，米尼涅斯；他已经第三次戴着橡叶冠回来了。

米尼涅斯 他已经把奥菲狄乌斯痛痛快快地教训过了吗？

伏伦妮娅 泰特斯·拉歇斯信上说他们曾经交战过，可是奥菲狄乌斯逃走了。

米尼涅斯 的确，他也只好逃走；否则，即使有全科利奥里城里的宝柜和金银，我也根本不会再提起这个奥菲狄乌斯的名字的。元老院有没有知道这一个消息？

伏伦妮娅 两位好夫人，我们去吧。是的，是的，是的，元老院已经得到元帅的来信，他把这次战争的全部功劳归在我的儿子身上。他这一次的战功的确比他以前各次的战功更要超过一倍。

凡勒利娅 真的，他们都说起关于他的许多惊人的作为。

米尼涅斯 惊人的作为！嘿，我告诉你吧，这些都是他凭着真本领干下来的呢。

维吉利娅 愿天神默佑那些话都是真的！

伏伦妮娅 真的！还会是假的不成？

米尼涅斯 真的！我可以发誓那些话都是真的。他什么地方受了伤？（向西西涅斯、勃鲁托斯）上帝保佑两位尊驾！马歇斯回来了；他有更多可以骄傲的理由啦。（向伏伦妮娅）他什么地方受了伤？

伏伦妮娅 肩膀上，左臂上；当他在民众之前站起来的时候，他可以把很大的伤疤公开展示哩。在击退塔昆这一役中间，他身上有七处受伤。

米尼涅斯 颈上一处，大腿上两处，我知道一共有九处。

伏伦妮娅 在这一次出征以前，他全身一共有二十五处伤痕。

米尼涅斯 现在是二十七处了；每一个伤口都是一个敌人的坟墓。（向欢呼声，喇叭奏花腔）听！喇叭的声音！

伏伦妮娅 这是马歇斯将要到来的预报。凡是他所到之处，总是震响着雷声；他经过以后，只留下一片汪洋的泪海；在他壮健的臂腕里躲藏着幽冥的死神；只要他一挥手，人们就丧失了生命。

　　　　喇叭奏花腔。考密涅斯及泰特斯·拉歇斯拥科利奥兰纳斯戴橡叶冠上，将校、兵士及一传令官随上。

传令官 罗马全体人民听着：马歇斯单身独力，在科利奥里城内奋战；他已经在那里赢得了一个光荣的名字，在卡厄斯·马歇斯之后，加上科利奥兰纳斯的荣称。欢迎您到罗马来，著名的科利奥兰纳斯！（喇叭奏花腔。）

众人 欢迎您到罗马来，著名的科利奥兰纳斯！

科利奥兰纳斯 快别这样；我不喜欢这一套。请你们免了吧。

考密涅斯　瞧，将军，您的母亲！

科利奥兰纳斯　啊！我知道您为了我的胜利，一定已经祈祷过所有的神明。（跪下。）

伏伦妮娅　不，我的好军人，起来；我的善良的马歇斯，尊贵的卡厄斯，还有你那个凭着功劳博得的新的荣名——那是怎么叫的？——我必须称呼你科利奥兰纳斯吗？——可是啊！你的妻子！——

科利奥兰纳斯　我的静默的好人儿，愿你有福！你这样泪流满面地迎接我的凯旋，要是一具棺材装着我的尸骨回来，你倒会含笑吗？啊！我的亲爱的，科利奥里的寡妇和失去儿子的母亲，她们的眼睛也哭得像你一样。

米尼涅斯　愿天神替你加上荣冠！

科利奥兰纳斯　你还活着吗？（向凡勒利娅）啊，我的好夫人，恕我失礼。

伏伦妮娅　我不知道应当转身向什么地方。啊！欢迎你们回来！欢迎，元帅！欢迎，各位将士！

米尼涅斯　十万个欢迎！我也想哭，也想笑；我的心又轻松又沉重。欢迎！谁要是不高兴看见你，愿咒诅咬啮着他的心！你们是应当被罗马所眷爱的三个人；可是凭着人类的忠心起誓，在我们的城市里却有几棵老山楂树，它们的口味是和你们不同的。可是欢迎，战士们！是荨麻我们就叫它荨麻，傻瓜们的错处一言以蔽之，其名为愚蠢。

考密涅斯　你说得有理。

科利奥兰纳斯　米尼涅斯，这是永远的真理。

传令官　站开，站开！

科利奥兰纳斯 （向伏伦妮娅、凡勒利娅）让我吻您的手，再让我吻您的。在我还没有回到自己家里去以前，我必须先去访问那些贵族们；他们不但给我欢迎，而且还给我新的光荣。

伏伦妮娅 我已经活到今天，看见我的愿望——一实现，我的幻想构成的美梦成为事实；现在只有一个愿望还没有满足，可是我相信我们的罗马一定会把它加在你的身上的。

科利奥兰纳斯 好妈妈，您要知道，我宁愿照我自己的意思做他们的仆人，不愿擅权弄势，和他们在一起做主人。

考密涅斯 前进，到议会去！（喇叭奏花腔；吹号筒。众列队按序下；西西涅斯、勃鲁托斯留场。）

勃鲁托斯 所有的舌头都在讲他，眼光昏花的老头子也都戴了眼镜出来瞧他；饶舌的乳媪因为讲他讲得出了神，让她的孩子在一旁啼哭；灶下的丫头也把她最好的麻巾裹在她那油腻的颈上，爬上墙头去望他；马棚里、阳台上、窗眼里，全都挤满了，水沟里、田塍上，也都站满着各色各样的人，大家争先恐后地想看一看他的脸；难得露脸的祭司也在人丛里挤来挤去，跟人家占夺一个地位；蒙着面罩的太太奶奶们也让她们用心装扮过的面庞去接受阳光的热吻，吻得一块红、一块白的；真是热闹极了，简直像把他当作了一尊天神的化身似的。

西西涅斯 我说，他这次一定有做执政的希望。

勃鲁托斯 那么当他握权的时候，我们只好无所事事了。

西西涅斯 他初握政权，地位还不能巩固，可是他将要失去他已得的光荣。

勃鲁托斯　那就好了。

西西涅斯　你放心吧，我们所代表的平民，本来对他抱着恶感，只要为了些微细故，就会忘记他新得的光荣，凭着他这副骄傲的脾气，我相信他一定会干出一些不惬人意的事来。

勃鲁托斯　我听见他发誓说，要是他被推为执政，他决不到市场上去，也不愿穿上表示谦卑的粗衣；他也不愿按照习惯，把他的伤痕袒露给人民看，从他们恶臭的嘴里求得同意。

西西涅斯　正是这样。

勃鲁托斯　他是这样说的。啊！他宁愿放弃执政的地位，也不愿俯从绅士贵族们的请求去干这样的事。

西西涅斯　我但愿他坚持着这样的意思，把它见之实施。

勃鲁托斯　他大概会这么干的。

西西涅斯　要是真的这样，那么正像我们所希望的，他的崩溃一定无可避免了。

勃鲁托斯　他要是不倒，我们的权力也要动摇。为了促成他的没落，我们必须让人民知道他一向对于他们怀着怎样的敌意；要是他掌握了大权，他一定要把他们当做骡马一样看待，压制他们的申诉，剥夺他们的自由；认为他们的行动和能力是不适宜于处理世间的事务的，正像战争的时候用不着骆驼一样；豢养他们的目的，只是要他们担负重荷，要是他们在重负之下压得爬不起来，一顿痛打便是给他们的赏赐。

西西涅斯　只要给他一点刺激，他的傲慢不逊的脾气，一定会向人民发泄出来，正像嗾使一群狗去咬绵羊一样容易；那时候你这一番话就等于点在干柴上的一把烈火，那火焰可以使他的声名从此化为灰烬。

一使者上。

勃鲁托斯 有什么事？

使者 请两位大人到议会里去。人家都以为马歇斯将要做执政。我看见聋子围拢来瞧他，瞎子围拢去听他讲话；当他一路经过的时候，中年的妇女向他挥手套，年轻的姑娘向他挥围巾手帕；贵族们见了他，像对着乔武的神像似的鞠躬致敬，平民们见了他，都纷纷掷帽；欢声雷动；我从来没有见过这样的景象。

勃鲁托斯 我们到议会去吧。让我们一面用耳朵和眼睛留心着眼前的情势，一面用我们的心思想着未来的意图。

西西涅斯 那么请了。（同下。）

第二场 同前。议会

二吏役上，铺坐垫。

吏甲 来，来，他们快要来了。有多少人竞争执政的位置？

吏乙 他们说有三个人；可是谁都以为科利奥兰纳斯一定会当选。

吏甲 他是个好汉子；可是他太骄傲了，对于平民也没有好感。

吏乙 老实说一句，有许多大人物尽管口头上拚命讨好平民，心里却一点不喜欢他们；也有许多人喜欢了一个人，却不知道为什么要喜欢他，他们既然会莫名其妙地爱他，也就会莫名其妙地恨他。所以科利奥兰纳斯对于他们的爱憎漠不关心，正可以表示他真正了解他们的性格；他也由他们去

科利奥兰纳斯

看得一清二楚，满不在意。

吏甲 要是他对于他们的爱憎漠不关心，那么他既不会有心讨好他们，也不会故意冒犯他们；可是他对他们寻衅的心理，却比他们对他仇恨的心理更强，凡是可以表明他是他们的敌人的事实，他总是不加讳饰地表现出来。像这样有意装出敌视人民的态度，比起他所唾弃的那种取媚人民以求得他们欢心的手段来，同样是不足为法的。

吏乙 他替国家立下了极大的功劳；他的跻登高位，绝不像那些毫无寸尺之功、单凭着向人民曲意逢迎的手段滥邀爵禄的人们那样容易；他的荣誉彪炳在他们的眼前，他的功业铭刻在他们的心底，他们要是不作一声，否认这一切，那就是忘恩负义；要是颠倒是非，混淆黑白，那就是恶意中伤。

吏甲 别讲他了；他是一个可尊敬的人。让开，他们来了。

　　　　喇叭奏花腔。侍卫官前导，考密涅斯（执政）、米尼涅斯、科列奥兰纳斯、众元老、西西涅斯、勃鲁托斯同上；元老及护民官依次就座。

米尼涅斯 我们已经决定处置伏尔斯人的办法，并且决定召唤泰特斯·拉歇斯回来，剩下来要在这一次会议里决定的主要的问题，就是怎样酬报我们这一位为国宣劳的英雄。所以，各位尊严的元老们，请你们要求现任执政，也就是领导我们得到这一次胜利的主帅，略为向我们报告一些卡厄斯·马歇斯·科利奥兰纳斯所造成的英勇的伟绩，让我们可以按照他实际的功劳向他表示我们的感谢，并且用适当的尊荣褒奖他。

元老甲 说吧，好考密涅斯；不要因为怕叙述太长而忽略了什么，宁可让我们觉得国家酬庸有功太菲薄，不要使我们觉得政府的爵禄失之过滥。（向西西涅斯、勃鲁托斯）两位人民的代表，请你们耐心静听，当我们决定了一个结果以后，还要有劳你们向民众传达我们的意见，征求他们善意的同情。

西西涅斯　我们这次为了通过一个满意的条约而集会，在欣慰之余，我们是很愿意给我们这位英雄不次的荣迁的。

勃鲁托斯　要是他能够把他一向对人民的看法稍微改善一点，那么我们一定可以赞同。

米尼涅斯　不要说到题外去；我希望你还是不要开口的好。你们愿意听考密涅斯说话吗？

勃鲁托斯　当然愿意；可是我的劝告却要比您的责备恰当一些哩。

米尼涅斯　他喜爱你们的人民；可是不要硬叫他和他们睡在一个床上。尊贵的考密涅斯，说吧。（科利奥兰纳斯起立欲去）不，您坐下。

元老甲　坐下，科利奥兰纳斯；不要因为听到你自己所做的光荣的事情而惭愧。

科利奥兰纳斯　请诸位原谅，我宁愿让我的伤痕消失了形迹，不愿听人家讲起我得到它们时的情形。

勃鲁托斯　将军，我希望您不是因为听了我的话，所以不安于席的。

科利奥兰纳斯　不，可是往往打击使我停留，空言却使我逃避。你的话都是不关痛痒的。至于你的人民，我只能按照他们的价值来喜爱他们。

米尼涅斯　请坐下来吧。

科利奥兰纳斯　我宁愿在赴战的号角吹响的时候，让人家在太阳底下搔我的头颅，不愿呆坐着听人家把我的一些不足道的小事信口夸张。（下。）

米尼涅斯　两位人民代表，你们现在已经看见他宁愿用他全身的力量去追求荣誉，不愿分出一小部分的精神来听人家的赞美，他怎么能够向你们那些一千个中间难得有一个好人的芸芸众生浪费他的谀辞呢？说吧，考密涅斯。

考密涅斯　我的声音太微弱了，不够叙述科利奥兰纳斯的功绩。勇敢是世人公认的最大美德，有勇的人是最值得崇敬的；要是我们可以这么说，那么我现在所要说起的这一个人，在全世界简直找不出一个可以和他抗衡的人物。当塔昆举兵向罗马侵犯的时候，他还只有十六岁，就已经在战场上崭露头角，表现他过人的神勇；我们当时的执政亲眼看见那些虬髯多须的大汉被白皙韶秀的他追赶得没命奔逃。他跨过了一个被压倒在地上的罗马人的身体，当着执政的面前，手刃了三个敌人；塔昆也和他亲自对垒，被他打了下来。在那一天的战绩里，他本来可以做一个怯懦不前的妇女，但他证明了自己是战场上顶勇敢的男子，为了旌扬他的功勋，他的额上被加上了橡叶的荣冠。这样他从一个新列戎行的孺子，变成一个能征惯战的健儿，他的与日俱增的勇敢，像大海一样充沛，在前后十七次战役之中，战无不胜，攻无不克。讲到最近这一次在科利奥里城前和城中的鏖战，那么我可以说，我的言辞是无法给他适当的赞美的；他阻止了奔逃的败众，用他惊人的榜样，扫去了懦夫心中的恐惧；正像水草当着一艘疾驶的帆船一样，他的剑光挥处，人们不是降服就是死亡，谁要是碰着他的锋刃，再也没有活命的希望；从脸上到脚上，他浑身都染着血，他的每一个行动，都伴随着绝命的哀号；他一个人闯进了密布着死亡的城里用他操纵着死生的铁手染红了城门，然后他又单身脱围而出，带着一队生力军，像一颗彗星似的向科利奥里突击。他已经大获全胜；但战争的喧声又开始刺激他敏锐的感觉，于是他兼人的精力又使他忘却了身体的疲劳，他立刻再上战场，在那里奔走驰突，杀人如麻，好像这是一场永无休止的掠夺一样；直到我们把城郊全部占领以后，他不曾有一刻站定喘息的时间。

米尼涅斯　了不得的英雄！

元老甲　我们所准备给他的光荣，他是受之无愧的。

考密涅斯　他拒绝我们分给他的战利品，把一切珍贵的宝物视同粪土；他的欲望比吝啬者的度量更小；行为的本身便是他给自己的酬报。

米尼涅斯　他是个高贵的人物；快去请他来。

元老甲　请科利奥兰纳斯来。

警吏　他来了。

　　　　　　科利奥兰纳斯重上。

米尼涅斯　科利奥兰纳斯，元老们很愿意举你做执政。

科利奥兰纳斯　我愿意永远为他们尽忠效命。

米尼涅斯　现在还有一步手续必须履行，您应该向人民说几句话。

科利奥兰纳斯　请你们宽免我这一项例行的手续，因为我不能披上粗布的长衣，裸露着身体，请求他们为了我的伤痕的缘故，接受我做他们的执政。请你们不要让我干这种事吧。

科利奥兰纳斯

西西涅斯　将军，人民必须表示他们的意见；他们也决不愿变更
　　　规定的仪式。

米尼涅斯　不要激怒他们；您还是遵照着习惯，像前任的那些人
　　　一样，用合法的形式取得您的地位吧。

科利奥兰纳斯　要我扮演这一幕把戏，我一定要脸红，我看还是
　　　免了吧。

勃鲁托斯　（向西西涅斯旁白）你听见吗？

科利奥兰纳斯　向他们夸口，说我做过这样的事，那样的事；把
　　　应当藏匿起来的没有痛楚的伤疤给他们看，好像我受了这
　　　些伤，只是为了换得他们的一声赞叹！

米尼涅斯　不要固执着这一点。两位护民官，请你们向民众传达
　　　我们的意志。愿我们尊严的执政享有一切快乐和光荣！

众元老　愿一切快乐和光荣降于科利奥兰纳斯！（喇叭奏花腔；
　　　除西西涅斯、勃鲁托斯外均退场。）

勃鲁托斯　你知道他将怎样对待人民。

西西涅斯　但愿他们知道他的用心！他将要用一种鄙夷不屑的态
　　　度去请求他们，好像他从他们手里得到恩惠是一件耻辱。

勃鲁托斯　来，我们去把这儿的一切经过情形通知他们；我知道
　　　他们都在市场上等候着我们的消息。（同下。）

第三场　同前。大市场

　　　　　若干市民上。

市民甲　要是他请求我们的同意，我们可不能拒绝他。

市民乙　要是我们不能同意，我们可以拒绝他。

市民丙　我们有权力拒绝他，可是我们没有权力运用这一种权力；因为要是他把他的伤痕给我们看，把他的功绩告诉我们，我们的舌头就应当替他的伤痕说话，告诉他他的伟大的功绩已经得到我们慷慨的嘉纳。忘恩负义是一种极大的罪恶，忘恩负义的群众是一个可怕的妖魔；我们都是群众中间的一分子，都要变成这妖魔身上的器官肢体了。

市民甲　我可以举出一个小小的例子，证明我们在人家眼里正是这样一个东西：有一次我们为了要求谷物而鼓噪起来的时候，他自己曾经破口骂我们是多头的群众。

市民丙　许多人都这样称呼我们，不是因为我们的头发有的是褐色的，有的是黑色的，有的是赭色的，有的是光秃秃的，而是因为我们的思想是这么分歧不一。我真的在想，要是我们各人所有的思想都从一个脑壳里发表出来，它们一定会有的往东，有的往西，有的往北，有的往南，四下里飞散开去。

市民乙　你这样想吗？你看我的思想会向哪一个方向飞？

市民丙　嘿，你的思想可不像别人的思想那样容易出来，因为它是牢牢地封在一个木头的脑壳里的：可是要是它得到了自由，它一定会飞到南方去。

市民乙　为什么飞到南方去？

市民丙　到南方去迷失在一阵大雾里，它的四分之三溶解在恶臭的露水里，剩下的四分之一因为良心上过意不去，仍旧转回来，帮助你娶一个妻子。

市民乙　你老这样开人家的玩笑；开吧，开吧。

科利奥兰纳斯

市民丙　你们都决定对他表示同意吗？可是那也没有关系，最后的结果是要取决于大多数的意见的。我说，要是他愿意同情民众，那么从来不曾有过一个比他更胜任的人了。

科利奥兰纳斯披粗衣与米尼涅斯同上。

市民丙　他来了，还披着一件粗布的长衣。留心他的举止。我们不要大家在一起，或者一个人，或者两个人三个人，分别跑到他站立的地方。他必须征求个别的同意；我们每一个人都有他各自的权利，可以用我们自己的嘴向他表示我们各自的同意。所以大家跟我来吧，让我指导你们怎样走过他的身旁。

众人　很好，很好。（市民等同下。）

米尼涅斯　啊，将军，您错了；您不知道最尊贵的人都做过这样的事吗？

科利奥兰纳斯　我应该怎么说？"求求你，先生，"——哼！我不能让我的舌头发出这种乞怜的调子。"瞧，先生，我的伤痕！当你们那些同胞们听见了自己军中的鼓声而惊呼逃走的时候，我因为为国尽劳，受了这么多伤。"

米尼涅斯　嗳哟，天哪！您不能那样说；您必须请求他们想起您的功劳。

科利奥兰纳斯　想起我的功！哼！我宁愿他们把我忘记，正如他们把神父们的忠告也忘记了一样。

米尼涅斯　您会把事情弄坏的。我走了。请您好好地对他们说话。

科利奥兰纳斯　叫他们把脸洗一洗，把他们的牙齿刷干净。（米尼涅斯下）好，有一对来了。

二市民重上。

科利奥兰纳斯　先生，你们知道我为什么站在这儿吗？

市民甲　我们知道，将军；告诉我们您到这儿来的缘故。

科利奥兰纳斯　因为我自己的功劳。

市民乙　您自己的功劳！

科利奥兰纳斯　嗯，却不是我自己的意志。

市民甲　怎么不是您自己的意志？

科利奥兰纳斯　不，先生，我从来不愿意向穷人求乞。

市民甲　您必须明白，要是我们给了您什么东西，我们是希望从您身上得到一点好处的。

科利奥兰纳斯　好，那么我要请问，向你们讨一个执政做要多少价钱？

市民甲　那价钱就是您必须恭恭敬敬地请求。

科利奥兰纳斯　恭恭敬敬！先生，我请求你们，让我做执政吧；你们要是想看我的伤痕，我愿意在隐僻一点的地方给你们看。请你们给我同意吧，先生；你们怎么说？

市民乙　您可以得到我们的同意，尊贵的将军。

科利奥兰纳斯　一言为定，先生。我已经讨到两个尊贵的同意了。谢谢你们的布施；再见。

市民甲　可是这有点儿古怪。

市民乙　要是已经出口的话可以收回——可是那也算了。（二市民下。）

其他二市民重上。

科利奥兰纳斯　我请求你们，现在我已经按照习惯，披上这一件衣服了，你们能够允许我做执政吗？

市民丙　您虽然有功国家，可是不孚众望。

科利奥兰纳斯　请教?

市民丙　您鞭笞罗马的敌人,也鞭笞罗马的友人;您对平民一向没有好感。

科利奥兰纳斯　您应该格外敬重我,因为我没有滥卖人情。先生,为了博取人民的欢心,我愿意向我这些誓同生死的同胞们谄媚,这是他们所认为温良恭顺的行为。既然他们所需要的,只是我的脱帽致敬,不是我的竭忠尽瘁,那么我可以学习一套卑躬屈节的本领,尽量向他们装腔作势;那就是说,先生,我要学学那些善于笼络人心的贵人,谁喜欢这一套,我可以大量奉送。所以我请求你们,让我做执政吧。

市民丁　我们希望您是我们的朋友,所以愿意给您诚心的赞助。

市民丙　您曾经为国家受了许多伤。

科利奥兰纳斯　你们既然已经知道,那我也用不着袒露我的身体向你们证明。我一定非常珍重你们的盛意,不再来麻烦你们了。

市民丙、市民丁　愿天神给您快乐,将军!(同下。)

科利奥兰纳斯　最珍贵的同意!宁可死,宁可挨饿,也不要向别人求讨我们分所应得的酬报。为什么我要穿起这身毡布的外衣站在这儿,向每一个路过的人乞讨不必要的同意?习惯逼着我这样做;习惯怎样命令我们,我们就该怎样做,陈年累世的灰尘让它堆在那儿不加扫拭,高积如山的错误把公道正义完全障蔽。与其扮演这样的把戏,还不如索性把国家尊贵的名位赏给愿意干这种事的人。我已经演了半本,待我憋着这口气,演完那下半本吧。又有几个同意来了。

其他三市民重上。

科利奥兰纳斯　你们的同意！为了你们的同意，我和敌人作战；
为了你们的同意，我经历十八次战争，受到二十多处创
伤；为了你们的同意，我干下许多大大小小的事情。我要
做执政；请你们给我同意吧。

市民戊　他曾经立过大功，必须让他得到每一个正直人的同意。

市民乙　那么让他做执政吧。愿天神给他快乐，使他成为人民的
好友！

众人　阿门，阿门。上帝保佑你，尊贵的执政！（市民等下。）

科利奥兰纳斯　尊贵的同意！

米尼涅斯偕勃鲁托斯、西西涅斯重上。

米尼涅斯　您已经忍受种种麻烦，这两位护民官将会向您宣布您
已经得到人民的同意，现在您必须立刻到元老院去，接受
正式的任命。

科利奥兰纳斯　事情完了吗？

西西涅斯　您已经按照惯例履行了请求同意的手续；人民已经接
受了您，他们就要再召集一次会议，通过您的任命。

科利奥兰纳斯　什么地方？就在元老院吗？

西西涅斯　就在那儿，科利奥兰纳斯。

科利奥兰纳斯　我可以把这些衣服换下来了吗？

西西涅斯　您可以，将军。

科利奥兰纳斯　我就去换衣服；让我认识了我自己的本来面目以
后，再到元老院来。

米尼涅斯　我陪您去。你们两位也跟我们一起走吗？

勃鲁托斯　我们还要在这儿等候民众。

西西涅斯　再见。（科利奥兰纳斯、米尼涅斯下）他现在已经拿稳了；从他的脸色看来，他心里好像在火一样烧着呢。

勃鲁托斯　他用一颗骄傲的心穿着他的卑贱的衣服。请你打发这些民众吧。

　　　　　　众市民重上。

西西涅斯　啊，各位朋友！你们已经选中这个人了吗？

市民甲　他已经得到我们的同意。

勃鲁托斯　我们祈祷神明，但愿他不要辜负你们的好意。

市民乙　阿门。照我的愚见观察，他在请求我们同意的时候，仿佛在讥笑我们。

市民丙　不错，他简直在辱骂我们。

市民甲　不，他说起话来总是这样的；他没有讥笑我们。

市民乙　除了你一个人之外，我们中间每一个人都说他用侮蔑的态度对待我们。他应该把他的功劳的印记，他为国家留下的伤痕给我们看。

西西涅斯　啊，那我相信他一定会给你们看的。

众人　不，不，谁也没有瞧见。

市民丙　他说他有许多伤痕，可以在隐僻一点的地方给我们看。他这样带着轻蔑的神气挥舞着他的帽子，“我要做执政，”他说，“除非得到你们的同意，传统的习惯不会容许我；所以我要请求你们同意。”当我们答应了他以后，他就说，“谢谢你们的同意，谢谢你们最珍贵的同意；现在你们已经给我同意，我也用不着你们了。”这不是讥笑是什么？

西西涅斯　啊，到底是你们没有看见呢，还是你们已经看见了，却一味表示孩子气的好感，随便给了他同意？

勃鲁托斯　你们难道不会凭着你们所受的教训，对他说当他还没有掌握权力、不过是政府里一个地位卑微的仆人的时候，他就是你们的敌人，老是反对着你们的自由和你们在这共和国里所享有的特权吗？你们难道不会对他说，现在他登上了秉持国家大权的地位，要是他仍旧怀着恶意，继续做平民的死敌，那么你们现在所表示的同意，不将要成为你们自己的咒诅吗？你们应当对他说，他的伟大的功业，既然可以使他享有他所要求的地位而无愧色，但愿他的仁厚的天性，也能够想到你们现在所给他的同情的赞助，而把他对你们的敌意变成友谊，永远做你们慈爱的执政。

西西涅斯　你们照这样对他说了以后，就可以触动他的心性，试探他的真正的意向；也许他会给你们善意的允诺，那么将来倘有需要的时候，你们就可以责令他履行旧约；也许那会激怒他的暴戾的天性，因为他是不能容忍任何拘束的，这样引动了他的恼怒，你们就可以借着他的恶劣的脾气做理由，拒绝他当执政。

勃鲁托斯　你们看他在需要你们好感的时候，会用这样公然侮蔑的态度向你们请求，难道你们没有想到当他有权力压迫你们的时候，他这种侮蔑的态度不会变成公然的伤害吗？怎么，你们胸膛里难道都是没有心的吗？或者你们的舌头会反抗理智的判断吗？

西西涅斯　你们以前不是曾经拒绝过向你们请求的人吗？现在他并没有请求你们，不过把你们讥笑了一顿，你们却会毫不迟疑地给他同意吗？

市民丙　他还没有经过正式的确认，我们还可以拒绝他。

科利奥兰纳斯

市民乙 我们一定要拒绝他；我可以号召五百个人反对他就任。

市民甲 好，就是一千个人也不难，还可以叫他们各人拉些朋友来充数。

勃鲁托斯 你们立刻就去，告诉你们那些朋友，说他们已经选了一个执政，他将会剥夺他们的自由，限制他们发言的权利，把他们当作狗一样看待，虽然为了要它们吠叫而豢养，可是往往因为它们吠叫而把它们痛打。

西西涅斯 让他们集合起来，重新作一次郑重的考虑，一致撤回你们愚昧的选举。竭力向他们提出他的骄傲和他从前对你们的憎恨；也不要忘记他是用怎样轻蔑的态度穿着那件谦卑的衣服，当他向你们请求的时候，他是怎样讥笑着你们；可是你们因为存心忠厚，只想到他的功劳，所以像这样从牢不可拔的憎恨里表现出来的放肆无礼的举止，也就被你们忽略过去了。

勃鲁托斯 可以把过失推在我们两人——你们的护民官身上，说都是我们一定要你们选举他。

西西涅斯 你们可以说，你们是在我们的命令之下选举他的，不是出于你们自己的真意；你们的心里因为存着不得不然的见解，而不是因为觉得应该这样做，所以才会违背着本心，而赞同他做执政。把一切过失推在我们身上好了。

勃鲁托斯 对了，不要宽恕我们。说我们向你们反复讲说，他在多么年轻的时候就已经开始为国家出力；他已经服务了多么长久；他的家世是多么高贵；纽玛的外孙，继伟大的霍斯提力斯君临罗马的安格斯·马歇斯，就是从他们家里出来的；替我们开渠通水的坡勃律斯和昆塔斯也是那一族里的人；做过两任监察官的森索利纳斯是他的先祖。

西西涅斯　因为他出身这样高贵，他自己又立下这许多功劳，应该可以使他得到一个很高的位置，所以我们才把他向你们举荐；可是你们在把他过去的行为和现在的态度互相观照之下，认为他始终是你们的敌人，所以决定撤回你们一时疏忽的同意。

勃鲁托斯　你们坚持着说，你们的同意只是因为受到我们的怂恿；把民众召集起来以后，你们立刻就到议会里来。

众人　我们一定这样做；我们大家都懊悔选他。（众市民下。）

勃鲁托斯　让他们去闹；与其隐忍着更大的危机，不如冒险鼓动起这一场叛变。要是他照着以往的脾气，果然因为他们的拒绝而发起怒来，那么我们正可以好好利用这一个机会。

西西涅斯　到议会去。来，我们必须趁着大批的民众还没有赶到以前先到那儿，免得被人家看出他们是受我们的煽动。

（同下。）

第三幕

第一场　罗马。街道

　　　　吹号筒；科利奥兰纳斯、米尼涅斯、考密涅斯、泰特斯·拉歇斯、众元老、贵族等同上。

科利奥兰纳斯　那么塔勒斯·奥菲狄乌斯又发兵来了吗？

拉歇斯　是的，阁下；所以我们应当格外迅速地部署起来。

科利奥兰纳斯　这么说，伏尔斯人还是没有屈服，随时准备着向我们乘机进攻。

考密涅斯　执政阁下，他们已经精疲力尽，我们这一辈子大概不会再看见他们的旗帜飘扬了。

科利奥兰纳斯　你看见奥菲狄乌斯吗？

拉歇斯　在我们的保卫之下他曾经来看过我；他咒骂伏尔斯人，因为他们这样卑怯地举城纳降。现在他退到安息地方去了。

科利奥兰纳斯　他说起我吗？

拉歇斯　说起的，阁下。

科利奥兰纳斯　怎么说？说些什么？

拉歇斯　他说他跟您剑对剑地会过多少次；在这世上，您是他最切齿痛恨的一个人，他说只要能够找到一个机会把您打败，他不惜荡尽他的财产。

科利奥兰纳斯　他住在安息地方吗？

拉歇斯　是的。

科利奥兰纳斯　我希望有机会到那边去找他，让我们把彼此的仇恨发泄一个痛快。欢迎你回来！

　　　　　　　西西涅斯及勃鲁托斯上。

科利奥兰纳斯　瞧！这两个是护民官，平民大众的喉舌；我瞧不起他们，因为他们擅作威福，简直到了叫人忍无可忍的地步。

西西涅斯　不要走过去。

科利奥兰纳斯　嘿！那是什么意思？

勃鲁托斯　前面有危险，不要过去。

科利奥兰纳斯　为什么有这样的变化？

米尼涅斯　怎么一回事？

考密涅斯　他不是已经由贵族平民双方通过了吗？

勃鲁托斯　考密涅斯，他没有。

科利奥兰纳斯　我不是已经得到孩子们的同意了吗？

元老甲　两位护民官，让开；他必须到市场上去。

勃鲁托斯　人民对他非常愤怒。

西西涅斯　站住，否则大家都要卷进一场骚动里了。

科利奥兰纳斯 你们不是他们的牧人吗？他们会把刚才出口的话当场否认，这样的人也可以让他们有发言的权利吗？你们管些什么事情？你们既然是他们的嘴巴，为什么不把他们的牙齿管住？你们没有指使他们吗？

米尼涅斯 安静点儿，安静点儿。

科利奥兰纳斯 这是一场有意的行动，全然是阴谋的结果，它的目的是要拘束贵族的意志。要是我们容忍这一种行为，我们就只好和那些既没有能力统治、又不愿被人统治的人们生活在一起了。

勃鲁托斯 不要说这是一个阴谋。人民高呼着说您讥笑了他们，说您在不久以前施放谷物的时候，曾经口出怨言，辱骂那些为人民请命的人，说他们是时势的趋附者，谄媚之徒，卑鄙的小人。

科利奥兰纳斯 这是大家早就知道的。

勃鲁托斯 他们有的人还不知道。

科利奥兰纳斯 那么是你后来告诉他们的吗？

勃鲁托斯 怎么！我告诉他们！

科利奥兰纳斯 你很可以干这种事的。

勃鲁托斯 像您干的这种事，我想我可以比您干得好一点。

科利奥兰纳斯 那么我为什么要做执政呢？凭着那边天上的云起誓，让我也像你们一样没有寸尺之功，跟你们一起做个护民官吧！

西西涅斯 您把悻悻之情表现得太露骨了，人民正是为了这个缘故才激动起来的。您现在已经迷失了道路，要是您想达到您的目的地，您必须用温和一点的态度向人家问路，否则您不但永远做不到一个尊荣的执政，就是要跟他并肩做一个护民官，也是一样办不到的。

米尼涅斯　让我们安静一点。

考密涅斯　人民一定被人利用、受人指使了。这一种纷争不应该在罗马发生；科利奥兰纳斯因功受禄，也不该在他坦荡的大路上遭遇这种用卑鄙手段安放上去的当途的障碍。

科利奥兰纳斯　向我提起谷物的事情！那个时候我是这样说的，我可以把它重说一遍——

米尼涅斯　现在不用说了。

元老甲　在这样意气相争的时候，还是不用说了吧。

科利奥兰纳斯　我一定要说。我的高贵的朋友们，请你们原谅。这种反复无常、腥臊恶臭的群众，我不愿恭维他们，让他们认清楚自己的面目吧。我要再说一遍，我们因为屈尊纡贵，与他们降身相伍，已经亲手播下了叛乱、放肆和骚扰的祸根，要是再对他们姑息纵容，那么这种莠草更将滋蔓横行，危害我们元老院的权力；我们不是没有道德，更不是没有力量，可是我们的力量已经送给一群乞丐了。

米尼涅斯　好，别说下去了。

元老甲　请您不要再说下去了。

科利奥兰纳斯　怎么！不再说下去！我曾经不怕外力的凭陵，为国家流过血，现在我更要大声疾呼，直到嘶破我的肺部为止，警告你们留意那些你们所厌恶、畏惧、惟恐沾染然而却又正在竭力招引上身的麻疹。

勃鲁托斯　您讲起人民的时候，好像您是一位膺惩罪恶的天神，忘记了您也是跟他们具有同样弱点的凡人。

西西涅斯 我们应当让人民知道他这种话。

米尼涅斯 怎么，怎么？他的一时气愤的话吗？

科利奥兰纳斯 一时气愤！即使我像午夜的睡眠一样善于忍耐，凭着乔武起誓，我也不会改变我这一种意思！

西西涅斯 您这一种意思必须让它留着毒害自己，不能让它毒害别人。

科利奥兰纳斯 必须让它留着！你们听见这个侏儒群中的高个子的话吗？你们注意到他那斩钉截铁的"必须"两个字吗？

考密涅斯 好像他的话就是神圣的律法似的。

科利奥兰纳斯 "必须"！啊，善良而不智的贵族！你们这些庄重而卤莽的元老们，为什么你们会允许这多头的水蛇选举一个官吏，让他代替怪物发言，凭着他的专横的"必须"两字，他会大胆宣布要把你们的水流向沟渠决注，把你们的河道侵为己有？放下你们的愚昧，从你们危险的宽容中间觉醒过来吧！你们是博学的人，不要像一般愚人一样，甘心替他们掇椅铺垫。要是他们做了元老，你们便要变成平民；当他们的声音和你们的声音混合在一起的时候，因为他们人数众多，你们将要完全为他们所掩盖，被他们所支配。他们可以选择他们自己的官长，就像这家伙一样，凭着他的"必须"、他的迎合民心的"必须"两字，就可以和最尊严的元老们对抗。凭着乔武本身起誓，执政们将会因此失去他们的身分；当两种权力彼此对峙的时候，混乱就会乘机而起，我一想到这种危机，心里就感到极大的痛苦。

考密涅斯 好，到市场上去吧。

科利奥兰纳斯　谁授权执政，使他散放仓库中的存谷，像从前希腊的情形——

米尼涅斯　得啦，得啦，别提起那句话啦。

科利奥兰纳斯　虽然希腊人民有更大的权力，可是我说，他们这一种举动，无异养成反叛的风气，酿成了国家的瓦解。

勃鲁托斯　嘿，人民可以同意说这种话的人当执政吗？

科利奥兰纳斯　我可以说出比他们的同意更好的理由来。他们知道这些谷不是我们名分中的酬报，自以为谁也不会把它从他们的嘴边夺下来，所以也从来不曾为它出过一丝劳力。当国家危急存亡的关头要他们出征的时候，他们懒得连城门也不肯走出；一到了战场，他们只有在叛变内讧这一类行动上表现了最大的勇气；像这样的功绩，是不该把谷物白白分给他们的。他们常常用莫须有的罪名指斥元老院，难道我们因为受到了他们那样的指斥，才会作这样慷慨的施舍吗？好，给了他们又怎样呢？这些盲目的群众会感激元老院的好意吗？他们的行动就可以代替他们的言语："我们提出要求；我们是大多数，他们畏惧我们，所以答应了我们的要求。"这样我们贬抑了我们自己的地位，让那些乌合之众把我们的谨慎称为恐惧；他们的胆子愈来愈大，总有一天会打开元老院的锁，让一群乌鸦飞进来向鹰隼乱啄。

米尼涅斯　够了，够了。

勃鲁托斯　够了，已经说得太多了。

科利奥兰纳斯　不，再听我说下去。无论天上人间，一切可以凭着发誓的东西，愿它们为我的结论作证！元老贵族与平民两方面的权柄，一部分因为确有原因而轻视着另一部分，那一部分却毫无理由地侮辱着这一部分！身分、名位和智慧不能决定可否，却必须取决于无知的大众的一句是非，这样的结果必致于忽略了实际的需要，让轻率的狂妄操纵着一切；正当的目的受到阻碍，一切事情都是无目的地胡作非为。所以，我请求你们，要是你们的谨慎过于你们的恐惧，你们爱护国家的基础甚于怀疑它的变化，你们喜欢光荣甚于长生，愿意用危险的药饵向一个别无生望的病体作冒险的一试，那么赶快拔去群众的舌头吧；让他们不要去舐那将要毒害他们的蜜糖。你们要是受到耻辱，是非的公论也要从此不明，政府将要失去它所应有的健全，因为它被恶势力所统治，一切善政都要无法推行。

勃鲁托斯　他已经说得很够了。

西西涅斯　他说的全然是叛徒的话；他必须受叛徒的处分。

科利奥兰纳斯　你这卑鄙的家伙！让你受众人的唾弃！人民要这种秃头的护民官干么呢？因为信任了他们，所以人民才会不再服从比他们地位高的人。在叛乱的时候，一切不合理的事实都可以武断地成为法律，那时候他们才是应该受人拥戴的人物；可是在正常的时期，那么让一切按照着正理而行，把他们的权力推下尘土里去吧。

勃鲁托斯　公然的叛逆！

西西涅斯　这还是个执政吗？不。

勃鲁托斯　喂！警官呢？把他逮捕起来。

　　　　　一警吏上。

西西涅斯　去，叫民众来；（警吏下）我用人民的名义亲自逮捕你，宣布你是一个企图政变的叛徒，公众幸福的敌人；我命令你不得反抗，跟我去听候处分。

科利奥兰纳斯 滚开，老山羊！

众元老 我们可以替他担保。

考密涅斯 老人家，放开手。

科利奥兰纳斯 滚开，坏东西！否则我要把你的骨头一根根摇下来。

西西涅斯 诸位市民，救命啊！

        若干警吏率侍从及一群市民同上。

米尼涅斯 两方面彼此客气一点。

西西涅斯 这个人要夺去你们一切的权力。

勃鲁托斯 抓住他，警官们！

众市民 打倒他！打倒他！——

众元老 （围绕科利奥兰纳斯忙作一团，狂呼）武器！——武器！——武器！——护民官！——贵族们！——市民们！——喂！——西西涅斯！——勃鲁托斯！——科利奥兰纳斯！——市民们！——静！——静！——静！——且慢！——住手！——静！

米尼涅斯 事情将要闹得怎样呢？——我气都喘不过来啦。这一场乱子可不小。我话都说不出来啦。你们这两位护民官！科利奥兰纳斯，忍耐些！好西西涅斯，说句话吧。

西西涅斯 听我说，诸位民众；静下来！

众市民 让我们听我们的护民官说话；静下来！说，说，说。

西西涅斯 你们快要失去你们的自由了，马歇斯将要夺去你们的一切；马歇斯，就是刚才你们选举他做执政的。

米尼涅斯　嗳哟，嗳哟，嗳哟！这不是去灭火，明明是火上加油。

元老甲　他要把我们这城市拆为平地。

西西涅斯　没有人民，还有什么城市？

众市民　对了，有人民才有城市。

勃鲁托斯　我们得到全体的同意，就任人民的长官。

众市民　你们继续是我们的长官。

米尼涅斯　他们也未必会放弃这一个地位。

考密涅斯　他们要把城市拆毁，把屋宇摧为平地，把整整齐齐的市面埋葬在一堆瓦砾的中间。

西西涅斯　这一种罪名应该判处死刑。

勃鲁托斯　让我们执行我们的权力，否则让我们失去我们的权力。我们现在奉人民的意旨，宣布马歇斯应该立刻受死刑的处分。

西西涅斯　抓住他，把他押送到大帕岩①上，推下山谷里去。

勃鲁托斯　警官们，抓住他！

众市民　马歇斯，赶快束手就缚！

米尼涅斯　听我说一句话；两位护民官，请你们听我说一句话。

警吏　静，静！

米尼涅斯　请你们做祖国的真正的友人，像你们表面上所装的一样；什么事情都可以用温和一点的手段解决，何必这样操切从事？

勃鲁托斯　要是病症凶险，只有投下猛药才可见效，谨慎反会误了大事。抓住他，把他押到山岩上去。

---

①大帕岩是加比托林山的悬崖，古罗马人将叛国犯人由此推下摔死。

科利奥兰纳斯　不，我宁愿死在这里。（拔剑）你们中间有的人曾经瞧见我怎样跟敌人争战；来，你们自己现在也来试一试看。

米尼涅斯　放下那柄剑！两位护民官，你们暂时退下去吧。

勃鲁托斯　抓住他！

米尼涅斯　帮助马歇斯，帮助他，你们这些有义气的人；帮助他，年轻的和年老的！

众市民　打倒他！——打倒他！（在纷乱中护民官、警吏及民众均被打退。）

米尼涅斯　去，回到你家里去；快去！否则大家都要活不成啦。

元老乙　您快去吧。

科利奥兰纳斯　站住；我们的朋友跟我们的敌人一样多。

米尼涅斯　难道我们一定要跟他们打起来吗？

元老甲　天神保佑我们不要有这样的事！尊贵的朋友，请你回家去，让我们设法挽回局势吧。

米尼涅斯　这是我们身上的一个痛疮，你不能替你自己医治；请你快去吧。

考密涅斯　来，跟我们一块儿去。

科利奥兰纳斯　我希望他们是一群野蛮人，不是罗马人；虽然这些畜类生在罗马，长大在朱庇特神庙的宇下，可是他们却跟野蛮人没有分别——

米尼涅斯　去吧；不要把你的满脸义愤放在你的唇舌上。

科利奥兰纳斯　要是堂堂正正地交锋起来，我一个人可以打败他们四十个人。

米尼涅斯　我自己也可以抵挡他们中间的一对头儿脑儿，那两个护民官。

考密涅斯 可是现在众寡悬殊；当一幢房屋坍下的时候而不知道趋避，这一种勇气是被称为愚笨的。您还是趁着那群乱民没有回来以前赶快走开吧；他们的愤怒就像受到阻力的流水一样，一朝横决，就会把他们所负载的一切完全冲掉。

米尼涅斯 请您快去吧。我要试一试我这老年人的智慧对于那些没有头脑的东西是不是有点需要；无论如何，这事情总要想法子弥缝过去。

考密涅斯 去吧，去吧。（科利奥兰纳斯、考密涅斯及余人等同下。）

贵族甲 这个人把他自己的前途葬送了。

米尼涅斯 他的天性太高贵了，不适宜于这一个世界。他不肯恭维涅普图努斯的三叉戟的雄威，或是乔武的雷霆的神力。他的心就在他的口头，想到什么一定要说出来。他一动了怒，就会忘记世上有一个死字。（内喧声）听他们闹得多厉害！

贵族乙 我希望他们都去睡觉！

米尼涅斯 我希望他们都给我跳下台伯河里！好厉害！他就不能对他们说句好话吗？

　　　　　勃鲁托斯及西西涅斯率乱民上。

西西涅斯 要把全城的人吃掉、让他一个人称霸的那条毒蛇呢？

米尼涅斯 两位尊贵的护民官——

西西涅斯 我们必须用无情的铁手，把他推下大帕岩去；他已经公然反抗法律，所以法律也无须再向他执行什么审判的手续，他既然藐视群众，就叫他认识认识群众的力量。

市民甲 我们要让他明白，尊贵的护民官是人民的喉舌，我们是他们的胳臂。

众市民　我们一定要让他明白。

米尼涅斯　诸位，诸位——

西西涅斯　静些！

米尼涅斯　有话可以商量，何必吵成这个样子？

西西涅斯　先生，你怎么也会帮助他逃走了？

米尼涅斯　听我说；我知道这位执政的长处，我也可以举出他的短处。

西西涅斯　执政！什么执政？

米尼涅斯　科利奥兰纳斯执政。

勃鲁托斯　他！执政！

众市民　不，不，不，不，不。

米尼涅斯　要是两位护民官和你们这些善良的民众允许我，我要请求说一两句话，你们听了以后，就会平心静气，自悔多事了。

西西涅斯　那么简简单单地说吧；因为我们已经决定除去这个恶毒的叛徒。把他驱逐出境会引起未来的祸患；留在国内，我们都要死在他的手里；所以我们决定就在今晚把他处死。

米尼涅斯　我们的罗马是以赏罚严明著名于全世界的，她对于有功的儿女的爱护，是记录在天神的册籍里的，要是现在她像一头灭绝天性的母兽一样，吞食了她自己的子女，善良的神明一定不能容许！

西西涅斯　他是一颗必须割去的疮疖。

米尼涅斯　啊！他是一段生着疮疖的肢体，割去了会致人死命，治愈它却很容易。他对罗马做了些什么事，你们要把他处死呢？他杀死我们的敌人，为他的祖国流过血，我敢说一句，他所失去的血，比他身上所有的血更多；他剩下的血，要是现在再被他的国人取去，那么无论下这样毒手的人，或是容忍这种事情发生的人，都要永远在后世留下一个可耻的烙印了。

西西涅斯 这些全然是胡说八道。

勃鲁托斯 一派歪论；当他爱他的国家的时候，他的国家也尊重他。

米尼涅斯 他的战功如果腐朽了，人家也就对他失去敬意了。

勃鲁托斯 我们不想再所你说下去了。追到他家里去，把他拖出来；他是一种能够传染的恶病，不要让他的流毒沾到别人身上。

米尼涅斯 再听我说一句话，只有一句话。你们现在的行动，都是出于一时的气愤，就像纵虎出柙一样，当你们自悔孟浪的时候，再要把笨重的铅块系在虎脚上就来不及了。与其卤莽偾事，不如循序渐进；否则他也不是没有人拥护的，要是因此而引起内争，那么伟大的罗马要在罗马人自己手里毁掉了。

勃鲁托斯 要是这样的话——

西西涅斯 你还说什么？我们不是已经领略到他是怎样地服从命令的吗？我们的警察官不是已经遭他痛打了吗？我们自己不是也遭他反抗过了吗？来！

米尼涅斯 请你们想到这一点：他自从两手能够拔剑的时候起，就一直在战阵中长大，不曾在温文尔雅的语言方面受过训练；他说起话来，总是把美谷和糠麸不加分别地同时倾吐。

你们要是允许我，我可以到他家里去，向他陈说利害，叫
他接受用和平的手段，合法的方式进行的裁判。

元老甲　两位尊贵的护民官，这是最人道的办法；你们原来的方
式太残酷了，而且也不知道将会引起怎样的结果。

西西涅斯　尊贵的米尼涅斯，那么请您接受人民的委托，去把他
传来。各位朋友，放下你们的武器。

勃鲁托斯　不要回去。

西西涅斯　在市场上集合。我们在那边等着你们。要是您不能把
马歇斯带来，我们就实行原来的办法。

米尼涅斯　我一定会叫他来的。（向众元老）请你们陪我去一趟。
他一定要来，否则事情会愈弄愈糟的。

元老甲　我们去找他吧。（同下。）

第二场　同前。科利奥兰纳斯家中一室

科利奥兰纳斯及贵族等上。

科利奥兰纳斯　让他们大家来扯我的耳朵；让他们把我用车轮辗
死、马蹄踏死，或是堆十座山在大帕岩上，把我推下看不
见底的深谷；我还是用这样一副态度对待他们。

贵族甲　这正是您的过人之处。

科利奥兰纳斯　我的母亲常常说他们只是一批萎靡软弱的货色，
几毛钱就可以把他们买来卖去，在集会的时候秃露着头
顶，听到像我这样地位的人谈到战争或和平的问题，就
会打呵欠，莫名其妙地不作一声；我想她现在也不大赞

科利奥兰纳斯

成我。

伏伦妮娅上。

科利奥兰纳斯　我正在说起您。您为什么要我温和一点？难道您要我违反我的本性吗？您应该说，我现在的所作所为，正可以表现我的真正的骨气。

伏伦妮娅　啊！儿啊，儿啊，儿啊，我希望你不要在基础未固以前，就丢失了你手中的权力。

科利奥兰纳斯　别管我。

伏伦妮娅　你要不是这样有意显露你的锋芒，已经不失为一个豪杰之士；在他们还有力量阻挠你的时候，你要是少向他们矜夸一些意气，也可以少碰到一些逆意的事情。

科利奥兰纳斯　让他们上吊去吧！

伏伦妮娅　是的，我还希望他们在火里烧死。

米尼涅斯及元老等上。

米尼涅斯　来，来；您太粗暴了，有点太粗暴了；您非得回去把局势弥缝弥缝不可。

元老甲　此外没有办法了；您要是不愿意这样做，我们的城市就要分裂而灭亡了。

伏伦妮娅　请你接受劝告吧。我有一颗跟你同样刚强的心，可是我还有一个头脑，教我把我的愤怒用在更适当的地方。

米尼涅斯　说得好，尊贵的夫人！倘不是因为遭到这样非常的变化，为了挽回大局起见，不得不出此下策，那么我也要擐甲持枪，决不忍受这样的耻辱，让他去向群众屈身的。

科利奥兰纳斯　我必须怎么办？

米尼涅斯　回去见那两个护民官。

科利奥兰纳斯　好，还有呢？还有呢？

米尼涅斯　为了您的失言道歉。

科利奥兰纳斯　向他们道歉！我不能向神明道歉；难道我必须向他们道歉吗？

伏伦妮娅　你太固执了；在危急的时候，一个人是应当通权达变的。我听你说过，在战争中间，荣誉和权谋就像亲密的朋友一样不可分离；假定这句话是真的，那么请你告诉我，在和平的时候，它们倘然不能交相为用，是不是能够独立存在？

科利奥兰纳斯　嘿！嘿！

米尼涅斯　问得好。

伏伦妮娅　要是你们在战争中间，为了达到你们的目的起见，不妨采用权谋，示人以诈，而这样的行为对于荣誉并无损害，那么在和平的时候，万一也像战时一样需要权谋，为什么它就不能和荣誉并行不悖呢？

科利奥兰纳斯　为什么您要强迫我接受这种理由？

伏伦妮娅　因为你现在必须去向人民说话；不是照着你自己的意思说话，却要去向他们说一些完全违背你的本心的话。为了避免把自己的命运作孤注，为了避免流许多的血，你可以用温和的词句招抚一个城市，那么向人民说这样的话，对于你的荣誉又有什么损害呢？要是我的财产和我的亲友处于生死存亡的关头，需要我用欺诈的手段保全他们，我就会毅然去干那样的事，并不以为有什么可耻；我是代表你的妻子、你的儿子、这些元老和贵族们向你进这番忠告的；可是你却宁愿向这些无知的群众们怒目横眉，不愿向他们稍假辞色，去博取他们的欢心和爱戴，这是维持你的荣誉和地位所必需的保障。

米尼涅斯 尊贵的夫人！走吧，跟我们走吧；说两句好话；也许你不但可以缓和当前的危险，并且可以弥补过去的错误。

伏伦妮娅 我的孩子，请你现在就去见他们，把这帽子拿在手里，你的膝盖吻着地上的砖石，摇摆着你的头，克制你的坚强的心，让它变得像摇摇欲坠的烂熟的桑子一样谦卑；在这种事情上，行为往往胜于雄辩，愚人的眼睛是比他们的耳朵聪明得多的。你可以对他们说，你是他们的战士，因为生长在干戈扰攘之中，不懂得博取他们好感所应有的礼节；可是从此以后，当你握权在位的日子，你一定会为他们鞠躬尽瘁。

米尼涅斯 您只要照她这两句话说过以后，他们的心就是您的了；因为他们的原谅是有求必应的，正像他们爱说废话一样不费事。

伏伦妮娅 请你听从我们的劝告，去吧；虽然我知道你宁愿在火焰的深谷里追逐你的敌人，不愿在卧室之中向他献媚。考密涅斯来了。

　　　　考密涅斯上。

考密涅斯 我已经到市场上去过。您现在必须结合强力的援助，否则就得用温和的态度保全您自己，或者暂时出走，躲避他们的锋芒。所有的民众都激怒了。

米尼涅斯 只有谦恭的言语才可以挽回形势。

考密涅斯 要是他能够勉力抑制他的性子，我想这也是个办法。

伏伦妮娅 他必须这样做，非这样做不可。请你说你愿意这样做，立刻就去吧。

科利奥兰纳斯　我必须去向他们露我的秃脑袋吗？我必须用我的无耻的舌头，把一句谎话加在我的高贵的心上吗？好，我愿意。可是这一个计策倘然失败，他们就要把这个马歇斯的体肤磨成齑粉，迎风抛散了。到市场上去！你们现在逼着我去做一件事情，它的耻辱是我终身不能洗刷的。

考密涅斯　来，来，我们愿意帮您的忙。

伏伦妮娅　好儿子，你曾经说过，当初你因为受到我的奖励，所以才会成为一个军人；现在请你再接受我的奖励，做一件你从来没有做过的事吧。

科利奥兰纳斯　好，那么我就去。滚开，我的高傲的脾气，让一个娼妓的灵魂占据住我的身体！让我那和战鼓竞响的巨嗓变成像阉人一样地尖细、像催婴儿入睡的处女的歌声一样轻柔的声音！让我的颊上挂起奸徒的巧笑，让学童的眼泪蒙蔽我的目光！让乞儿的舌头在我的嘴唇之间转动，我那跨惯征鞍的罩甲的膝盖，像接受布施一样向人弯曲！不，我不愿意；我怕我会失去对我自己的尊敬，我的身体干了这样的事，也许会使我的精神沾上一重无法摆脱的卑鄙。

伏伦妮娅　那么随你的便。我向你请求，比之你向他们请求，对于我是一个更大的耻辱。一切都归于毁灭吧；宁可让你的母亲感觉到你的骄傲，不要让她因为你的危险的顽强而担忧，因为我用像你一样豪壮的心讪笑着死亡。你愿意怎么办就怎么办；你的勇敢是从我身上得来的，你的骄傲却是你自己的。

科利奥兰纳斯　请您宽心吧，母亲，我就到市场上去；不要责备我了。我要骗取他们的欢心，当我回来的时候，我将被罗马的一切手艺人所喜爱。瞧，我去了。替我向我的妻子致意。我一定要做一个执政回来，否则你们再不要相信我的舌头也会向人诌媚。

伏伦妮娅　照你的意思做吧。（下。）

考密涅斯　去！护民官在等着您。准备好一些温和的回答；因为我听说他们将要向您提出一些比现在他们加在您身上的更严重的罪状。

米尼涅斯　记好"温和"两个字。

科利奥兰纳斯　让我们去吧；尽他们捏造我什么罪状，我都可以用我的荣誉答复他们。

米尼涅斯　是的，可是要温和点儿。

科利奥兰纳斯　好，那么就温和点儿。温和！（同下。）

第三场　同前。大市场

西西涅斯及勃鲁托斯上。

勃鲁托斯　我们说他企图独裁专政，用这一点作为他的最大的罪名；要是他在这一点上能够饰辞自辩，我们就说他敌视人民，并且说他把从安息人那里得到的战利品都中饱了自己的私囊。

一警吏上。

勃鲁托斯　啊，他来不来？

警吏　他就来了。

勃鲁托斯　什么人陪着他？

警吏　年老的米尼涅斯和那些一向袒护他的元老们。

西西涅斯　你有没有把我们得到的票数记录下来？

警吏　我已经记下在这儿了。

西西涅斯　你有没有按着部族征询他们的意见？

警吏　我已经分别征询过了。

西西涅斯　快把民众立刻召集到这儿来；当他们听见我说，"凭着民众的权利和力量，必须如此如此"的时候，不论是死刑、罚款或是放逐，我要是说"罚款"，就让他们跟着我喊"罚款"；我要是说"死刑"，就让他们跟着我喊"死刑"。

警吏　我一定这样吩咐他们。

西西涅斯　当他们开始呼喊的时候，叫他们不停地喊下去，大家乱哄哄地高声鼓噪，要求把我们的判决立刻实行。

警吏　很好。

西西涅斯　叫他们留心我们的说话行事，不要退缩让步。

勃鲁托斯　去干你的事吧。（警吏下）一下子就激动他的怒气。他一向惯于征服别人，爱闹别扭；一受了拂逆，就不能控制自己的性子，那时候他心里想到什么便要说出口来，我们就可以看准他这个弱点致他死命。

西西涅斯　好，他来了。

　　　　　　科利奥兰纳斯、米尼涅斯、考密涅斯及元老贵族等上。

米尼涅斯　请您温和点儿。

科利奥兰纳斯　好，就像一个马夫似的，为了一点点的赏钱，愿意替无论哪个恶徒奔走。但愿尊荣的天神们护佑罗马的安

科利奥兰纳斯

全，让贤德的君子做我们的执法者！播散爱的种子在我们的中间，使我们宏大的神庙里充满和平的气象，不要使我们的街道为战争所扰乱！

元老甲　阿门，阿门。

米尼涅斯　好一个高尚的愿望！

警吏率市民等重上。

西西涅斯　过来，民众。

警吏　听你们的护民官说话；肃静！

科利奥兰纳斯　先听我说几句话。

西西涅斯、勃鲁托斯　好，说吧。喂，静下来！

科利奥兰纳斯　你们就在此刻宣布我的罪状吗？一切必须在这儿决定吗？

西西涅斯　我要请你答复，你是不是愿意服从人民的公意，承认他们的官吏的权力，当你的罪案成立以后，甘心接受合法的制裁？

科利奥兰纳斯　我愿意。

米尼涅斯　听着！各位市民，他说他愿意。想一想，他立过多少战功；想一想他身上的伤痕，就像墓地上的坟茔一样多。

科利奥兰纳斯　那些不过是荆棘抓破的伤痕，这点点的创痏，也不过供人一笑罢了。

米尼涅斯　再想一想，他说的话虽然不合一个市民的身份，可是却不失为军人的谈吐；不要把他粗暴的口气认为恶意的言辞，那正是他的军人本色，不是对你们的敌视。

考密涅斯　好，好，别说了。

科利奥兰纳斯　为了什么原因，我已经得到全体同意当选执政以后，你们又立刻撤销原议，给我这样的羞辱？

西西涅斯　回答我们。

科利奥兰纳斯　好，说吧；我是应该回答你们的。

西西涅斯　你企图推翻一切罗马相传已久的政制，造成个人专权独裁的地位，所以我们宣布你是人民的叛徒。

科利奥兰纳斯　怎么！叛徒！

米尼涅斯　不，温和点儿，你答应过的。

科利奥兰纳斯　地狱底层的烈火把这些人民吞了去！说我是他们的叛徒！你这害人的护民官！在你的眼睛里藏着两万个死亡，在你的两手中握着二千万种杀人的毒计，在你说谎的舌头上含着无数杀人的阴谋，我要用向神明祈祷一样坦白的声音，向你说，"你说谎！"

西西涅斯　民众，你们听见他的话吗？

众市民　把他送到山岩上去！把他送到山岩上去！

西西涅斯　静！我们不必再把新的罪名加在他的身上；你们亲眼看见他所作的事，亲耳听见他所说的话：殴打你们的官吏，辱骂你们自己，用暴力抗拒法律，现在他又公然藐视那些凭着他们的权力审判他的人，像这样罪大恶极的行为，已经应处最严重的死刑了。

勃鲁托斯　可是他既然为罗马立过功劳——

科利奥兰纳斯　你们还要讲什么功劳？

勃鲁托斯　我提起这一点，因为我知道你的功劳。

科利奥兰纳斯　你！

米尼涅斯　你怎样答应你的母亲的？

考密涅斯　你要知道——

科利奥兰纳斯　我不要知道什么。让他们宣判把我投身在高峻的大帕岩下，放逐，鞭打，每天给我吃一粒谷监禁起来，我也不愿用一句好话的代价购买他们的慈悲，更不愿为了乞讨他们的布施而抑制我的雄心，向他们道一声早安。

西西涅斯　因为他不但在思想上，而且在行动上不断敌对人民，企图剥夺他们的权力，到现在他居然擅敢在尊严的法律和执法的官吏之前，行使暴力反抗的手段，所以我们用人民的名义，秉着我们护民官的职权，宣布从即时起，把他放逐出我们的城市，要是以后他再进入罗马境内，就要把他投身在大帕岩下。用人民的名义，我说，这判决必须实行。

众市民　这判决必须实行——这判决必须实行——把他赶出去！——把他放逐出境！

考密涅斯　听我说，各位人民大众——

西西涅斯　他已经受到判决；没有什么说的了。

考密涅斯　让我说句话。我自己也曾当过执政；我可以向罗马公开展示她的敌人加在我身上的伤痕；我重视祖国的利益，甚于自己的生命和我所珍爱的儿女；要是我说——

西西涅斯　我们知道你的意思；说什么？

勃鲁托斯　不必多说，他已经被当作人民和祖国的敌人而放逐了；这判决必须实行。

众市民　这判决必须实行——这判决必须实行。

科利奥兰纳斯　你们这些狂吠的贱狗！我痛恨你们的气息，就像痛恨恶臭的沼泽的臭味一样；我轻视你们的好感，就像厌恶腐烂的露骨的尸骸一样。我驱逐了你们；让你们和你们那游移无定的性格永远留在这里吧！让每一句轻微的谣言震动你们的心，你们敌人帽上羽毛的摇闪，就会把你们搠进绝望的深渊！永远保留着把你们的保卫者放逐出境的权力吧，直到最后让你们自己的愚昧觉得人家已经不费一刀一枪，使你们成为最微贱的俘虏！对于你们，对于这一个城市，我只有蔑视；我这样离开你们，这世界上什么地方没有我的安身之处。（科利奥兰纳斯、考密涅斯、米尼涅斯、元老、贵族等同下。）

警吏 人民的仇敌已经去了，已经去了！

众市民 我们的敌人已经被放逐了！——他去了！——呵！呵！

（众欢呼，掷帽。）

西西涅斯 去，把他赶出城门，像他从前驱逐你们一样驱逐他，尽量发泄你们的愤怒，让他也难堪难堪。让一队卫士卫护我们通过全城。

众市民 来，来——让我们把他赶出城门！来！神明保佑我们尊贵的护民官！来！（同下。）

第四幕

第一场　罗马。城门前

科利奥兰纳斯、伏伦妮娅、维吉利娅、米尼涅斯、考密涅斯及若干青年贵族上。

科利奥兰纳斯　算了，别哭了，就这样分手吧；那多头的畜生把我撞走了。哎，母亲，您从前的勇气呢？您常常说，患难可以试验一个人的品格；非常的境遇方才可以显出非常的气节；风平浪静的海面，所有的船只都可以并驱竞胜；命运的铁拳击中要害的时候，只有大勇大智的人才能够处之泰然：您常常用那些格言教训我，锻炼我的坚强不屈的志气。

维吉利娅　天啊！天啊！

科利奥兰纳斯　不，妇人，请你——

伏伦妮娅　愿赤色的瘟疫降临在罗马各色人民的身上，使百工商
　　贾同归于尽！

科利奥兰纳斯　怎么，怎么，怎么！当我离开他们以后，他们将
　　会追念我的好处。不，母亲，您从前不是常常说，要是您
　　做了赫剌克勒斯的妻子，您一定会替他完成六件艰巨的工
　　作，减轻他一半的劳力吗？请您仍旧保持这一种精神吧。
　　考密涅斯，不要懊丧；再会！再会，我的妻子！我的母
　　亲！我一定还要干一番事业。你年老而忠心的米尼涅斯，
　　你的眼泪比年轻人的眼泪更辛酸，它会伤害你的眼睛的。
　　我的旧日的主帅，我曾经瞻仰过您那刚强坚毅的气概，您
　　也看见过不少可以使人心肠变硬的景象，请您告诉这两个
　　伤心的妇人，为了不可避免的打击而悲痛，是一件多么痴
　　愚的事情。我的母亲，您知道您一向把我的冒险作为您的
　　安慰，请您相信我，虽然我像一条孤独的龙一样离此而
　　去，可是我将要使人们在谈起我的沼泽的时候，就会瞿然
　　变色；您的儿子除非误中奸谋，一定会有吐气扬眉的一天。

伏伦妮娅　我的长子，你要到哪儿去呢？让考密涅斯陪你走一程
　　吧；跟他商量一个妥当的方策，不要盲冲瞎撞，去试探前
　　途的危险。

科利奥兰纳斯　天神啊！

考密涅斯　我愿意陪着你走一个月，跟你决定一个安身的地方，
　　好让我们彼此互通声息；要是有机会可以设法召你回来的
　　话，我们也可以不致于在茫茫的世界上到处找寻一个莫明
　　踪迹的人，万一事过境迁，大好的机会又要蹉跎过去了。

科利奥兰纳斯　再会吧；你已经有一把的年纪，饱受战争的辛苦，

不要再跟一个筋骨壮健的人去跋涉风霜了。我只要请你送我出城门。来，我亲爱的妻子，我最亲爱的母亲，我的情深义厚的朋友们，当我出去的时候，请你们用微笑向我道别。请你们来吧。只要我尚在人世，你们一定会听到我的消息；而且你们所听到的，一定还是跟我原来的为人一样。

米尼涅斯 那正是每一个人所乐意听见的。来，我们不用哭泣。要是我能够从我衰老的臂腿上减去七岁年纪，凭着善良的神明发誓，我一定要寸步不离地跟着你。

科利奥兰纳斯 把你的手给我。来。（同下。）

第二场　同前。城门附近的街道

西西涅斯、勃鲁托斯及一警吏上。

西西涅斯 叫他们大家回家去；他已经去了，我们也不必追他。贵族们很不高兴，他们都是袒护他的。

勃鲁托斯 现在我们已经表现出我们的力量，事情既已了结，我们不妨在言辞之间装得谦恭一点。

西西涅斯 叫他们回家去；说他们重要的敌人已经去了，他们已经恢复了往日的力量。

勃鲁托斯 打发他们各人回家。（警吏下。）

伏伦妮娅、维吉利娅及米尼涅斯上。

勃鲁托斯 他的母亲来了。

西西涅斯 让我们避开她。

勃鲁托斯 为什么？

西西涅斯　他们说她发了疯了。

勃鲁托斯　她们已经看见我们；您尽管走吧。

伏伦妮娅　啊！你们来得正好。愿神明把所有的灾祸降在你们身上，报答你们的好意！

米尼涅斯　静些，静些！不要这样高声嚷叫。

伏伦妮娅　我倘不是哭不成声，一定要让你们听听——不，我要嚷给你们听听。（向勃鲁托斯）你想逃走吗？

维吉利娅　（向西西涅斯）你也别走。我希望我能够向我的丈夫说这样的话。

西西涅斯　你们是男人吗？

伏伦妮娅　是的，傻瓜；那是丢脸的事吗？听这傻瓜说的话。我的父亲不是一个男人吗？你果然有这样狐狸般的狡狯，会把一个替罗马立过多少汗马功劳的人放逐出去吗？

西西涅斯　嗳哟，苍天在上！

伏伦妮娅　为了罗马的利益，他挥舞他的英勇的剑锋，那次数比你说过的聪明话还要多。让我告诉你；可是你去吧；不，你给我站住：我但愿我的儿子在阿拉伯，你和你那一族里的人都跪在他的面前，他手里举起宝剑——

西西涅斯　那又怎么样呢？

维吉利娅　那又怎么样！他要斩草除根，不留下一个孽种在世上。

伏伦妮娅　全都是些杂种私生子！好人，他为了罗马受过多少伤！

米尼涅斯　来，来，别闹了。

西西涅斯　要是他能够贯彻为国献身的初衷，不把自己辛苦换来的光荣亲手撕毁，那就好了！

勃鲁托斯 我也希望他这样。

伏伦妮娅 "我也希望他这样"！都是你们煽动这些乱民，猫狗
般的畜生，他们不能认识他的价值，正像我不能了解上天
不让世间知道的神秘一样。

勃鲁托斯 请你让我们走吧。

伏伦妮娅 现在，先生，请你给我滚吧。你们已经干了一件了不
得的好事。在你们未走之前，再听我说一句话：正像朱庇
特的神庙不能和罗马最卑陋的一间屋子相比一样，被你们
放逐出去的我的儿子——这位夫人的丈夫，就是他，你们
明白了没有？——比起你们这些东西来，真是天壤之别。

勃鲁托斯 好，好，我们少陪啦。

西西涅斯 为什么我们要呆在这儿，给一个疯婆子缠个不休？

伏伦妮娅 把我的祈祷带了去吧。（二护民官下）我但愿天神们什
么事也不做，只替我实现我的咒诅！要是我能够每天遇见
他们一次，那么我心头的悲哀也许可以倾吐一空。

米尼涅斯 您已经骂得他们很痛快；凭良心说，您没有冤屈他们。
你们愿意赏光到舍间吃晚饭吗？

伏伦妮娅 愤怒是我的食物；我一肚子都是气恼，吃不下东西了。
来，我们走吧。不要这样呜呜咽咽地哭个不停，瞧着我的
样子，我们在愤怒的时候，应当保持天后般的尊严。来，
来，来。

米尼涅斯 唉，唉，唉！（同下。）

第三场 罗马安息间的大路

一罗马人及一伏尔斯人上，相遇。

罗马人　先生，我认识您，您也认识我；您的大名我想是阿德里安。

伏尔斯人　正是，先生。不瞒您说，我可忘记您了。

罗马人　我是个罗马人；可是我所干的事，却跟您一样，是跟罗马人作对的。您现在认识我了吗？

伏尔斯人　尼凯诺吗？不是。

罗马人　正是，先生。

伏尔斯人　我上次看见您的时候，您的胡子比现在多一点；可是您的声音可以证明您的确是他。罗马有什么消息？我得到了伏尔斯政府的命令，叫我到罗马去找您；您现在省了我一天的路程了。

罗马人　罗马曾经发生惊人的叛变；人民跟元老贵族们作对。

伏尔斯人　曾经发生！那么现在已经解决了吗？我们的政府却不这样想；他们正在积极准备用兵，想要趁他们争执得十分激烈的时候向他们突袭。

罗马人　火焰大体已经熄灭，可是一件微细的琐事就可以使它重新燃烧起来。因为那些贵族们对于放逐科利奥兰纳斯这件事感到非常痛心，一有机会，就准备剥夺人民的一切权力，把那些护民官永远罢免。我可以告诉你，未灭的余烬正在那儿吐出熊熊的火焰，猛烈爆发的时期已经不远了。

伏尔斯人　科利奥兰纳斯被放逐了！

科利奥兰纳斯

罗马人　被放逐了，先生。

伏尔斯人　尼凯诺，您带了这一个消息去，他们一定十分欢迎。

罗马人　他们现在的机会很好。人家说，诱奸有夫之妇，最好趁她和丈夫反目的时候下手。你们那位英勇的塔勒斯·奥菲狄乌斯这一下可以大逞威风了，因为他的最大的敌手科利奥兰纳斯已经被他的祖国摈斥了。

伏尔斯人　这是不用说的。我很幸运今天凑巧碰见了您；现在我的任务已了，让我陪着您高高兴兴地回去吧。

罗马人　我现在就可以开始把许多罗马的怪事讲给您听，一直讲到晚餐的时候为止；这些事情，都是对于他们的敌人有利的。您说你们已经有一支军队准备出发了吗？

伏尔斯人　一支很雄壮的军队；所有人马都已经征齐入伍，分派营舍，命令发出以后，一小时之内就可以出发。

罗马人　我很高兴听见他们已经准备好了；我想我去见了他们以后，就可以催促他们立刻举事。好，先生，今天能够碰见您，真是一件幸事，我很愿意做您的同行的伴侣。

伏尔斯人　您省了我一趟跋涉，先生；能够跟您一路同行，真是我的莫大的荣幸。

罗马人　好，我们一块儿走吧。（同下。）

第四场　安息。奥菲狄乌斯家门前

科利奥兰纳斯微服化装蒙面上。

科利奥兰纳斯　这安息倒是一个很好的城市。城啊，是我使你的妇女们成为寡妇；这些富丽大厦的后嗣，有许多人我曾经听见他们在我的战阵中间呻吟倒地。所以不要认识我，免得你的妇人们用唾涎唾我，你的小儿们投石子打我，使我在琐小的战争中间死去。

一市民上。

科利奥兰纳斯　请了，先生。

市民　请了。

科利奥兰纳斯　请您指点我伟大的奥菲狄乌斯住在什么地方。他是在安息吗？

市民　是的，今天晚上他在家里宴请政府中的贵人。

科利奥兰纳斯　请问他的家在哪儿？

市民　就是在您面前的这一所屋子。

科利奥兰纳斯　谢谢您，先生。再见。（市民下）啊，变化无常的世事！刚才还是誓同生死的朋友。两个人的胸膛里好像只有一颗心，睡眠、饮食、工作、游戏，都是彼此相共，亲爱得分不开来，一转瞬之间，为了些微的争执，就会变成不共戴天的仇人。同样，切齿痛恨的仇敌，他们在梦寐之中也念念不忘地勾心斗角，互谋倾陷，为了一个偶然的机会，一些不足道的琐事，也会变成亲密的友人，彼此携手合作。我现在也正是这样：我痛恨我自己生长的地方，我的爱心已经移向了这个仇敌的城市。我要进去；要是他把我杀死，那也并不是有悖公道的行为；要是他对我曲意优容，那么我愿意为他的国家尽力。（下。）

第五场　同前。奥菲狄乌斯家中厅堂

内乐声；仆甲上。

仆甲　酒，酒，酒！他们都在干些什么事！我想我们那些伙计们都睡着了。（下。）

仆乙上。

仆乙　戈得斯呢？主人在叫他。戈得斯！（下。）

科利奥兰纳斯上。

科利奥兰纳斯　好一间屋子；好香的酒肉味道！可是我却不像一个客人。

仆甲重上。

仆甲　朋友，你要什么？你是哪儿来的？这儿没有你的地方；出去。（下。）

科利奥兰纳斯　因为我是科利奥兰纳斯，他们这样款待我是理所当然的。

仆乙重上。

仆乙　朋友，你是从什么地方来的？管门的难道不生眼睛，会放这种家伙进来吗？出去出去！

科利奥兰纳斯　走开！

仆乙　走开！你自己走开！

科利奥兰纳斯　你真讨厌。

仆乙　你这样放肆吗？我就去叫人来跟你说话。

仆丙上；仆甲重上。

仆丙　这家伙是什么人？

仆甲　我从来没有见过这样古怪的家伙，我没有法子叫他出去。请你去叫主人出来。

仆丙　朋友，你到这儿来干什么？谢谢你，快出去吧。

科利奥兰纳斯　只要让我站在这儿；我不会弄坏你们的炉灶的。

仆丙　你是什么人？

科利奥兰纳斯　一个绅士。

仆丙　一个穷得出奇的绅士。

科利奥兰纳斯　正是，你说得不错。

仆丙　谢谢你，穷绅士，到别处去吧；这儿没有你的地方。喂，滚出去。

科利奥兰纳斯　你管你自己的事；去，吃你的残羹冷菜去。（将仆丙推开。）

仆丙　怎么，你不肯去吗？请你去告诉主人，他有一个奇怪的客人在这儿。

仆乙　好，我就去告诉他。（下。）

仆丙　你住在什么地方？

科利奥兰纳斯　在苍天之下。

仆丙　在苍天之下！

科利奥兰纳斯　是的。

仆丙　那是在什么地方？

科利奥兰纳斯　在鹞子和乌鸦的城里。

仆丙　在鹞子和乌鸦的城里！这个蠢驴！那么你是和乌鸦住在一起的吗？

科利奥兰纳斯　不；我并不侍候你的主人。

仆丙　怎么，你是来和我们老爷打交道的吗？

科利奥兰纳斯　喂，反正不是跟你们太太打交道就是好事。别尽说废话了，到酒席上侍候去吧。（将仆丙打走。）

　　　　　奥菲狄乌斯及仆乙上。

奥菲狄乌斯　这家伙在什么地方？

仆乙　这儿，老爷。倘不是恐怕惊吵了里面的各位老爷，我早就把他当狗一样打得半死了。

奥菲狄乌斯　你是从哪儿来的？你要什么？你叫什么名字？为什么不说话？说吧，朋友，你叫什么名字？

科利奥兰纳斯　（取下面巾）塔勒斯，要是你还不认识我，看见了我的面，也想不到我是什么人，那么我必须自报姓名了。

奥菲狄乌斯　你叫什么名字？（众仆退后。）

科利奥兰纳斯　我的名字在伏尔斯人的耳中是不好听的，你听见了会觉得刺耳。

奥菲狄乌斯　说，你叫什么名字？你有一副凛然不可侵犯的容貌，你的脸上有一种威严；虽然你的装束这样破旧，却不像是一个庸庸碌碌的人。你叫什么名字？

科利奥兰纳斯　准备皱起你的眉头来吧。你还不认识我吗？

奥菲狄乌斯　我不认识你。你的名字呢？

科利奥兰纳斯　我的名字是卡厄斯·马歇斯，我曾经把极大的伤害和灾祸加在你和一切伏尔斯人的身上；我的姓氏科利奥兰纳斯就是最好的证明。辛苦的战役、重大的危险、替我这负恩的国家所流过的血，结果只是换到了这一个空洞的姓氏，为你对我所怀的怨恨留下一个创巨痛深的记忆。只有这名字剩留着；残酷猜嫉的人民，得到了我们那些懦怯的贵族的默许，已经一致遗弃了我，抹煞了我一切的功绩，让那些奴才们把我轰出了罗马。这一种不幸的遭遇，使我今天来到你的家里；不要误会我，以为我想来向你求恩乞命，因为要是我怕死的话，我就应该远远地躲开你；我只是因为出于气愤，渴想报复那些放逐我的人，所以才到这儿来站在你的面前。要是你也有一颗复仇的心，想要替你自己和你的国家洗雪耻辱，现在就是你的机会到了，你正可以利用我的不幸，达到你自己的目的，因为我将要用地狱中一切饿鬼的怨毒，来向我的腐败的祖国作战。可是你要是没有这样的胆量，也不想追求远大的前程，那么一句话，我也已经厌倦人世，愿意伸直我的颈项，听任你的宰割，让你一泄这许多年来郁积在心头的怨恨；你要是不杀我，你就是个傻瓜，因为我一向是你的死敌，曾经从你祖国的胸前溅下了无数吨的血；要是让我活在世上，对于你永远是一个耻辱，除非你能够跟我合作。

奥菲狄乌斯　啊，马歇斯，马歇斯！你所说的每一个字，已经从我心里薙除了旧日的怨恨，不再存留一些介蒂。要是朱庇特从那边的云中宣示神圣的诏语，说，"这是真的，"我也不会相信他甚于相信你，高贵无比的马歇斯。让我用我的胳臂围住你的身体；我这样拥抱着我的剑砧，热烈而真诚地用我的友谊和你比赛，正像我过去雄心勃勃地和你比赛着勇力一样。我告诉你，我曾经热恋着我的妻子，为她发过无数挚情的叹息；可是我现在看见了你，你高贵的英雄！我的狂喜的心，比我第一次看见我的恋人成为我的新妇，跨进我的门槛的时候还要跳跃得厉害。嗨，战神，我对你说，我们已经有一支军队准备行动；我已经再度下了

科利奥兰纳斯

91

决心，一定要从你的胸前割下一块肉来，即使牺牲自己的一只胳臂，也是甘心的。你曾经打败我十二次，每天晚上我都做着和你交战的梦；在我的睡梦之中，我们常常一起倒在地上，争着解开彼此盔上的扣子，拳击着彼此的咽喉，等到梦醒以后，已经无缘无故地累得半死了。尊贵的马歇斯，即使我们和罗马毫无仇恨，只是因为你被他们放逐了出来，我们也会动员一切十二岁以上七十岁以下的男子，把战争的汹涌的洪流倾倒在罗马忘恩的心脏里。来啊！进去和我们那些善意的元老们握握手，他们现在正要向我告别；他们虽然还没有想到要把罗马吞并，可是已经准备向你们的领土进攻了。

科利奥兰纳斯　感谢神明！

奥菲狄乌斯　所以，沉鸷雄毅的将军，要是你愿意为报复自己的仇恨而做我们的前导，我可以分我的一半军力归你节制；你既然对于自己国中的虚实了如指掌，就可以凭着你自己的经验决定进军的方策；或者直接向罗马本城进攻，或者在僻远的所在猛力骚扰，让他们在灭亡以前，先受到一些惊恐。可是进来吧；让我先介绍你见见几个人，取得他们的准许。一千个欢迎！我们已经尽释前嫌，变成了一心一德的友人。把你的手给我；欢迎！（科利奥兰纳斯、奥菲狄乌斯同下。）

仆甲　（上前）真是意想不到的变化！

仆乙　我可以举手为誓，我还想用棍子打他呢；可是我心里总觉得他这个人是不能凭他的衣服判断他是个什么人的。

仆甲　他的臂膀多么结实！他用两个指头把我掇来掇去，就像人们拈弄一个陀螺似的。

仆乙　噢，我瞧着他的脸，就知道他有一点不同凡俗的地方；我觉得他的脸上有一种——我不知道应该怎么说。

仆甲　他的确是这样；瞧上去好像——我早就知道他有一点不是我所窥测得到的东西。

仆乙　我可以发誓，我也这样想；他简直是世界上最稀有的人物。

仆甲　我想是的；可是他是比你所知道的一个人更伟大的军人。

仆乙　谁？我的主人吗？

仆甲　哦，那就不用说了。

仆乙　我的主人一个人可以抵得过像他这样的六个人。

仆甲　不，那也不见得；我看还是他了不得。

仆乙　哼，那可不能这么说；讲到保卫城市，我们大帅的本领是超人一等的。

仆甲　是的，就是进攻起来也不弱呢。

　　　　　　　　仆丙重上。

仆丙　奴才们哪！我可以告诉你们好多消息。

仆甲、仆乙　什么，什么，什么？讲给我们听听。

仆丙　在所有的国家之中，我顶不愿意做一个罗马人；我宁可做一个判了死罪的囚犯。

仆甲、仆乙　为什么？为什么？

仆丙　嘿，刚才来的那个人，就是常常打败我们的大帅的那个卡厄斯·马歇斯呢。

仆甲　你为什么说"打败我们的大帅"？

仆丙　我并不说"打败我们的大帅"；可是他一向是他的劲敌。

仆乙　算了吧，我们都是自己人好朋友；我们的大帅总是败在他

科利奥兰纳斯

93

手里，我常常听见他自己这样说。

仆甲 说句老实话，我们的大帅实在打他不过；在科利奥里城前，他曾经把他像切肉一样宰着呢。

仆乙 要是他喜欢吃人肉，也许还会把他煮熟了吃下去哩。

仆甲 可是再讲你的新闻吧。

仆丙 嘿，他在里边受到这样的敬礼，好像他就是战神的儿子一样；坐在食桌的上首；那些元老们有什么问题问他的时候，总是脱下帽子站在他的面前。我们的大帅自己也把他当作一个情人似的敬奉，握着他的手，翻起了眼白听他讲话。可是最要紧的消息是，我们的大帅已经腰斩得只剩半截了，还有那半截因为全体在座诸人的要求和同意，已经给了那个人了。他说他要去把看守罗马城门的人扯着耳朵拖出来；他要斩除挡住他的路的一切障碍，使他的所过之处都成为一片平地。

仆乙 他一定做得到这样的事。

仆丙 做得到！他当然做得到：因为你瞧，他虽然有许多敌人，也有许多朋友；那些朋友在他沮丧失势的时候，却不敢自称为他的朋友，不敢露面出来。

仆甲 沮丧失势！怎么讲？

仆丙 可是他们要是看见他恢复元气，再振声威，就会像雨后的兔子一样从他们的洞里钻了出来，环绕在他的身边了。

仆甲 可是什么时候出兵呢？

仆丙 明天；今天；立刻。今天下午你们就可以听见鼓声；这是他们宴会中的一个余兴，在他们抹干嘴唇以前就要办好。

仆乙 啊，那么我们就可以热闹起来啦。这种和平不过锈了铁，增加了许多裁缝，让那些没事做的人编些歌曲唱唱。

仆甲　还是战争好，我说；它胜过和平就像白昼胜过黑夜一样。战争是活泼的、清醒的，热闹的、兴奋的；和平是麻木不仁的、平淡无味的、寂无声息的、昏睡的、没有感觉的。和平所产生的私生子，比战争所杀死的人更多。

仆乙　对呀：战争可以说是一个强奸妇女的狂徒，因而和平就无疑是专事培植乌龟的能手了。

仆甲　是呀，它使人们彼此仇恨。

仆丙　理由是有了和平，人们就不那么需要彼此照顾了。我愿意用我的钱打赌还是战争好。我希望看见罗马人像伏尔斯人一样贱。他们都从席上起来了，他们都从席上起来了。

众仆　进去，进去，进去，进去！（同下）

第六场　罗马。广场

西西涅斯及勃鲁托斯上。

西西涅斯　我们没有听见他的消息，也不必怕他有什么图谋。人民现在已经由狂乱的状态回复到安宁平静，他也无能为力了。因为一切进行得如此顺利，我们已经使他的朋友们感到惭愧，他们是宁愿瞧见纷争的群众在街道上闹事——虽然那样对于他们自身也是同样有害——而不愿瞧见我们的百工商贾们安居乐业、歌舞升平的。

米尼涅斯上。

勃鲁托斯　我们总算没有错过了时机。这是米尼涅斯吗？

科利奥兰纳斯

西西涅斯　正是他，正是他。啊！他近来变得和气多啦。您好，老人家！

米尼涅斯　你们两位都好！

西西涅斯　您那科利奥兰纳斯除了他的几个朋友以外，没有什么人因为他的不在而惋惜。我们的共和政府依然存在，即使他对它再不高兴一些，也会继续存在下去的。

米尼涅斯　一切都很好；要是他的态度能够谦和一些，事情一定会更好的。

西西涅斯　他在什么地方？你听见人家说起吗？

米尼涅斯　不，我没有听到什么；他的母亲和他的妻子也没有听到他的消息。

市民三、四人上。

众市民　天神保佑你们两位！

西西涅斯　各位朋友，你们都好。

勃鲁托斯　你们大家都好，你们大家都好。

市民甲　我们自己、我们的妻子儿女，都应该跪下来为你们两位祈祷。

西西涅斯　愿你们都能享受幸福繁荣的生活！

勃鲁托斯　再见，好朋友们；我们希望科利奥兰纳斯也像我们一样爱你们。

众市民　神明保佑你们！

西西涅斯、勃鲁托斯　再见，再见。（市民等下。）

西西涅斯　这才是太平盛世的光景，比从前这些人在街上到处奔走、叫嚣扰乱的时候好得多啦。

勃鲁托斯　卡厄斯·马歇斯在战阵上是一员能将；可是太傲慢、

太目空一世、太野心勃勃、太自负了——

西西涅斯　他只想由他一个人称王道霸，用不着别人帮助。

米尼涅斯　我倒不这样想。

西西涅斯　要是他果然当了执政，我们现在就要发现他是这样一个人而后悔不及了。

勃鲁托斯　幸亏神明默护，不让他当选，罗马去掉了这个人，可以从此安宁了。

　　　　　一警吏上。

警吏　两位尊贵的护民官，据一个给我们关在牢里的奴隶说，伏尔斯人派了两支军队，已经开进了罗马领土，毁灭他们所碰到的一切，存心要来向我们挑起一场恶战。

米尼涅斯　那一定是奥菲狄乌斯；当罗马有马歇斯挺身保卫的时候，他就像一只缩头的蜗牛，不敢钻出壳来张望一眼，现在他听见马歇斯已经被放逐出去，又要把他的角伸出来了。

西西涅斯　得啦，您何必提起马歇斯呢？

勃鲁托斯　去把这个造谣惑众的家伙抽一顿鞭子。伏尔斯人决不敢来侵犯我们。

米尼涅斯　决不敢！我们有过去的记录可以证明他们会干这样的事；在我的一生之中，已经看到过三次同样的例子了。可是你们在处罚这家伙以前，应该把他问清楚，他从什么地方听到这句话，免得屈打了一个把确实消息报告你们、叫你们预防祸事的好人。

西西涅斯　不劳指教，我知道决不会有这种事。

勃鲁托斯　不可能的。

　　　　　一使者上。

科利奥兰纳斯

使者 贵族们都急急忙忙地到元老院去了；他们不知道听到了什么消息，一个个脸色都变了。

西西涅斯 都是这个奴才。——去把他鞭打示众；完全是他造谣生事。

使者 是的，大人，这奴隶的话已经有人证实；而且还有更可怕的消息。

西西涅斯 什么更可怕的消息？

使者 许多人都在那里公开传说，我也不知道他们从哪儿听来的，说是马歇斯已经和奥菲狄乌斯联合，带领一支军队来攻打罗马了；他发誓为自己复仇，把罗马人无论老幼，一起杀尽。

西西涅斯 会有这样的事！

勃鲁托斯 完全是谣言；他们想用这样的话煽惑那些懦弱的人，让他们希望善良的马歇斯回来。

西西涅斯 正是这个诡计。

米尼涅斯 这话恐怕未必；他跟奥菲狄乌斯是势不两立的仇人，决没有调和的可能。

　　　　　　另一使者上。

使者乙 请各位大人到元老院去。卡厄斯·马歇斯由奥菲狄乌斯辅佐，已经率领了一支声势浩大的军队，向我们的领土进犯了；他们一路过来势如破竹，到处纵火焚烧，掳夺一空。

　　　　　　考密涅斯上。

考密涅斯 啊！你们干得好事！

米尼涅斯 什么消息？什么消息？

考密涅斯 你们已经帮助你们的敌人来强奸你们自己的女儿，把全城的铅块熔灌在你们的头顶，亲眼看你们的妻子被人污辱——

米尼涅斯　什么消息？什么消息？

考密涅斯　你们的神庙化为灰烬，你们所倚赖的特权压缩得只剩锥孔一样大小。

米尼涅斯　请你把消息告诉我吧。——哼，你们干得好事！——请问什么消息？假如马歇斯和伏尔斯人联合起来——

考密涅斯　假如！他就是他们的神。他领导着他们的那副气概，好像凭着造化的本领，也造不出他这样一个顶天立地的男儿一样；他们跟随着他来攻击我们这些小儿，也像孩子们追捕夏天的蝴蝶、屠夫们杀戮苍蝇一样有把握。

米尼涅斯　你们干得好事，你们和你们那些穿围裙的家伙！你们那样看重那些手工匠的话，那些吃大蒜的人们吐出来的气息！

考密涅斯　他将要荡平你们的罗马。

米尼涅斯　就像赫刺克勒斯从树上摇落一颗烂熟的果子一样容易。你们干得好事！

勃鲁托斯　可是这是真的吗？

考密涅斯　还会不真吗？等着瞧吧，你们的脸色都要吓白了。各处属地都望风响应，欣然脱离我们的羁縻；企图抵抗的，都被讥笑为勇敢的愚夫，因为不自量力而覆亡。谁能责怪他的不是呢？你们的敌人和他的敌人都知道他是一个不可轻视的人。

米尼涅斯　我们全都完了，除非这位英雄大发慈悲。

考密涅斯　谁去求他开恩呢？护民官是不好意思去向他求情的；

人民不值得他怜悯，正像豺狼不值得牧人怜悯一样；至于他的要好的朋友们，要是他们向他说，"照顾照顾罗马吧，"那么他们也就和他所憎恨的人一鼻孔出气，也就是他的仇敌了。

米尼涅斯　不错，要是他在我的家里放起火来，我也没有脸向他说，"请您住手。"——你们干得好事，你们和你们那些手段！

考密涅斯　你们使罗马发生空前的战栗，它从来没有像今天这样濒于绝望的境地。

西西涅斯、勃鲁托斯　不要说这是我们的错处。

米尼涅斯　怎么！那么是我们的错处吗？我们都是敬爱他的，可是像一群畜生和懦怯的贵族似的，让你们那群贱民为所欲为，把他轰出了城。

考密涅斯　可是我怕他们又要用高声的叫喊迎接他进来了。塔勒斯·奥菲狄乌斯，人类中间第二个令人畏惧的名字，像他的部属一样服从他的号令。罗马倘要抵抗他们，除了准备与城俱亡以外，已经力竭计穷、无法防御了。

　　　　　一群市民上。

米尼涅斯　这群东西来了。奥菲狄乌斯也和他在一起吗？你们抛掷你们恶臭油腻的帽子，鼓噪着把科利奥兰纳斯放逐出去，就这样使罗马的空气变得污浊了。现在他来了；每一个兵士头上的每一根头发，都会变成惩罚你们的鞭子；他要把你们的头颅一个一个砍下来，报答你们的好意。算了，要是他把我们一起烧成了一个炭块，也是活该。

众市民　真的，我们听见了可怕的消息。

市民甲　拿我自己来说，当我说把他放逐的时候，我也说这是一件很可惋惜的事。

市民乙　我也这样说。

市民丙　我也这样说；说句老实话，我们中间有许多人都这样说。我们所干的事，都是为了大众的利益；虽然我们同意放逐他，可是那也并不是我们的本意。

考密涅斯　你们都是些好东西，你们的同意！

米尼涅斯　你们干得好事，你们和你们的鼓噪！我们要不要到议会里去？

考密涅斯　啊，是，是；不去又有什么事情好做？（考密涅斯、米尼涅斯同下。）

西西涅斯　各位！你们回家去吧；不要发急。这两个人是一党，他们虽然面子上装得很害怕，心里却但愿真有这样的事。回去吧，不要露出惊慌的样子来。

市民甲　但愿神明照顾我们！来，朋友们，我们回去吧。我们把他放逐的时候，我早就说我们做了一件错事。

市民乙　我们大家都这样说。可是走吧，我们回去吧。（众市民下。）

勃鲁托斯　我不喜欢这种消息。

西西涅斯　我也不喜欢。

勃鲁托斯　我们到议会去吧。要是有人能够证明这消息是个谣言，我愿意把我一半的家产赏给他！

西西涅斯　我们走吧。（同下。）

科利奥兰纳斯

第七场　离罗马不远的营地

　　　　　　奥菲狄乌斯及其副将上。

奥菲狄乌斯　他们仍旧向那罗马人纷纷投附吗？

副将　我不知道他有一种什么魔力，可是他们简直把他当作食前的祈祷、席上的谈话，和餐后的谢恩一样一刻不离口。您的声名，主帅，在这次战役中已经相形见绌，甚至于您自己的部下对您的信仰也一天不如一天了。

奥菲狄乌斯　我现在也没有法子，虽然可以用计策排挤他，可是那会影响到军事的进行。当我第一次拥抱他的时候，我想不到他在我的面前也会倨傲到这个样子；可是这也是他天性如此，改变不过来的脾气，我也只好原谅他了。

副将　可是主帅，为您着想，我倒希望这次您没有和他负起共同的责任，或者您自己统率全军，或者让他独自主持一切。

奥菲狄乌斯　我很懂得你的意思；你等着瞧吧，等到我跟他最后清算的日子，怕他不跌翻在我的手里。虽然看上去好像他的行事非常堂皇正大，对伏尔斯政府也十分尽忠，作战的时候像龙一样勇猛，一拔出剑来就可以克敌制胜，他自己也因此沾沾自喜，一般凡俗的眼光也莫不以为如此；可是他还有一件事情留下没有做，在我们最后清算的日子，它将要使我们两人中间有一个人牺牲。

副将　请教主帅，您看来他会不会把罗马征服？

奥菲狄乌斯　他还没有坐下，他的威力就已经压倒一切。罗马的元老和贵族们都是他的朋友；护民官不是军人；他们的人民会卤莽地把他放逐，也会卤莽地收回成命。我想他对于罗马，就像白鹭对于鱼类一样，天性中自有一种使人俯首就范的力量。本来他是他们的一个忠勇的仆人，可是他不能使他的荣誉维持不坠。也许因为他的一帆风顺的命运，使他沾上骄傲的习气，损坏了他的完善的人格；也许因为他见事不明，不善于利用他自己的机会；也许因为他本性难移，只适宜于顶蓝披甲，不适宜于雍容揖让，刚毅严肃本来是治军的正道，他却用来对待和平时期的民众；这几重原因他虽然并不完全犯着，可是每一种都犯几分，只要犯了其中之一，就可以使他为人民所畏惧，因而被他们憎恨以至于放逐。正像一个怀璧亡身的人一样，他的功劳一经出口，就会被它自己所噎死。所以我们的美德是随着时间而变更价值的；权力的本身虽可称道，可是当它高踞宝座的时候，已经伏下它的葬身的基础了。一个火焰驱走另一个火焰，一枚钉打掉另一枚钉；权利因权利而转移，强力被强力所征服。米，我们去吧。卡厄斯，当你握有整个罗马的时候，你是一个最贫穷的人；那时候你就在我的手掌之中了。（同下。）

科利奥兰纳斯

第五幕

第一场　罗马。广场

　　　　　米尼涅斯、考密涅斯、西西涅斯、勃鲁托斯及余人等上。

米尼涅斯　不，我不去。你们已经听见他从前的主将怎么说了，他对于他的爱护是无微不至的。他虽然把我叫做父亲，可是那又有什么用处呢？你们把他放逐出去，还是你们去向他央求，在他营帐之前一哩路的地方俯伏下来，膝行而进，请他大发慈悲吧。不，他既然不愿听考密涅斯的话，那么我还是安住家里的好。

考密涅斯　他假装不认识我。

米尼涅斯　你们听见了吗？

考密涅斯　可是从前他却用我的名字称呼我。我向他提起我们过去的交情，我们在一起流过的血；可是无论我叫他科利奥兰纳斯或者其他的名字，他都不应一声；他仿佛是一个无名无姓的东西，等着用罗马城中的烈火替他自己熔铸出一个名字来。

米尼涅斯　哼，好，你们干得好事！一对护民官替罗马降低了炭价，不朽的功绩！

考密涅斯　我对他说，宽恕人家所不能宽恕的，是一种多么高贵的行为；他却回答我，一个国家向它所处罚的罪人求恕，是一件多么无聊的事。

米尼涅斯　很好，他当然要说这样的话啦。

考密涅斯　我叫他想想他自己的亲戚朋友；他回答我说，他等不及把他们从一大堆恶臭发霉的糠屑中间选择出来；他说他不能为了不忍烧去一两粒谷子的缘故，永远忍受着难闻的气味。

米尼涅斯　为了一两粒谷子的缘故！我就是这样一粒谷子；他的母亲、妻子，他的孩子，还有这位好汉子，我们都是这样的谷粒；你们是发霉的糠屑，你们的臭味已经熏到月亮上去了。为了你们的缘故，我们也只好同归于尽！

西西涅斯　不，请您不要恼怒；要是您不肯在这样危急的时候帮助我们，那么您也不要在我们的患难之中责备我们。可是我们相信，要是您愿意替您的祖国请命，那么凭着您的巧妙的口才，一定可以使我们那位同国之人放下干戈，比我们所能召集的军队更有力量。

米尼涅斯　不，我不愿多管闲事。

西西涅斯　请您去这一趟吧。

科利奥兰纳斯

米尼涅斯　我干得了什么事呢?

勃鲁托斯　只要您去向马歇斯试一试您对他的交情能不能为罗马
　　　做一点事。

米尼涅斯　好;要是马歇斯理也不理我,就像他对待考密涅斯一
　　　样对待我,那便怎样呢?要是我在他的无情的冷淡之下抱
　　　着满怀的懊恼失望而归,那可怎么办呢?

西西涅斯　无论此去成功失败,您的好意总是会得到罗马的感
　　　谢的。

米尼涅斯　好,我就去试一试;也许他会听我的话。可是他对考
　　　密涅斯咬紧嘴唇,哼呀哈的,却叫我担着老大的心事。也
　　　许考密涅斯没有看准适当的时间,那个时候他还没有吃过
　　　饭;一个人在腹中空虚、血液没有温暖的时候,往往会噘
　　　着嘴生气,不大肯布施人,更不容易宽恕别人的过失!可
　　　是当我们把酒食填下了脏腑,使全身的血管增加热力以后,
　　　我们的灵魂就要比未进饮食以前温柔得多了。所以我要留
　　　心看着他,等他餐罢以后,方才向他提出我的请求,竭力
　　　说得他回心转意。

勃鲁托斯　您已经知道用怎样的途径激发他的天良,我们相信您
　　　一定不会有错。

米尼涅斯　好,不论结果如何,我去试一试再说。成功失败,不
　　　久就可以见个分晓。(下。)

考密涅斯　他决不会听他的话。

西西涅斯　不听他?

考密涅斯　我告诉你,他坐在黄金的椅上,他的眼睛红得像要把
　　　罗马烧起来一般,他的冤愤就是监守他的恻隐之心的狱吏。

我跪在他的面前，他淡淡地说了一声"起来"，用他的无言的手把我挥走。他准备做的事，他将用书面告诉我；他不愿做的事，他已经立誓在先，决无改移。所以一切希望都已归于乌有了，除非他的母亲和妻子去向他当面哀求；听说她们已经准备前去求他保全他的祖国了，所以让我们就去恳促她们赶快动身吧。（同下。）

第二场　罗马城前的伏尔斯人营地

二守卒立岗位前防守；米尼涅斯上。

守卒甲　站住！你是什么地方来的？

守卒乙　站住！回去！

米尼涅斯　你们这样尽职，很好；可是对不起你们，我是一个政府官吏，要来见科利奥兰纳斯说话。

守卒甲　从什么地方来的？

米尼涅斯　从罗马来的。

守卒甲　你不能通过；你必须回去。我们主将有令，凡是从罗马来的人，一概不见。

守卒乙　等你看见你们的罗马被烈焰拥抱的时候，你再来跟科利奥兰纳斯说话吧。

米尼涅斯　我的好朋友们，要是你们曾经听见你们的主将说起罗马和他在罗马的朋友们，那么我的名字一定接触过你们的耳朵：我是米尼涅斯。

守卒甲　很好，回去吧；你的名字不能使你在这儿通行无阻。

米尼涅斯　我告诉你吧，朋友，你的主将是我的好朋友；我曾经是记载他的善行的一卷书，人家可以从我的嘴里读到他的无比的名声，因为我对于我的朋友们的好处总是极口称扬的，尤其是他，我有时候因为说溜了嘴，就像一个球碰到了光滑的地面一样，会不知不觉地夸张过分，越过了限定的界线。所以，朋友，你必须让我通过。

守卒甲　先生，即使您替他说过的谎话，就跟您自己说过的话一样多，即使说谎是一件善事，您也不能在这儿通过。所以您还是回去吧。

米尼涅斯　朋友，请你记好我的名字是米尼涅斯，一向都是站在你主将一边的。

守卒乙　不管你替他扯过多少谎，我奉着他的命令，却必须老实告诉你，你不能通过。所以你回去吧。

米尼涅斯　你知道他已经吃过饭了没有？我一定要等他饭后方才跟他说话。

守卒甲　你是一个罗马人，是不是？

米尼涅斯　我是罗马人，你的主将也是罗马人。

守卒甲　那么你应当像他一样痛恨罗马。你们把保卫罗马的人逐出门外，在一阵群众的狂暴的愚昧中，把你们的干盾给了你们的敌人，现在你们却想用老妇人的不费力的呻吟、你们女儿们的童贞的手掌或是像你这样一个老朽的瘫痪的说项，来抵御他的复仇的怒焰吗？你们想要用像这样微弱的呼吸，来吹灭将要焚毁你们城市的烈火吗？不，你完全想错了；所以赶快回到罗马去，准备引颈就戮吧。你们的劫运已经无可避免，我们的主将发誓不再宽恕你们。

米尼涅斯　哼，要是你的长官知道我在这儿，他一定会对我以礼
　　　　相待的。

守卒乙　算了吧，我的长官不认识你。

米尼涅斯　我是说你的主将。

守卒甲　我的主将不知道有你这样一个人。回去，走，否则我要
　　　　叫你流出你身上所有的两三滴血了；回去回去。

米尼涅斯　不，不，朋友，朋友——

　　　　　　　　科利奥兰纳斯及奥菲狄乌斯上。

科利奥兰纳斯　什么事？

米尼涅斯　现在，伙计，我也不要麻烦你替我传报了。你现在就
　　　　可以知道我是一个被人敬礼的人；一个卑微的哨兵，是不
　　　　能挡住我不让我看见我的孩儿科利奥兰纳斯的。你只要看
　　　　他怎样款待我，就可以猜想得到你是不是将要上绞架，或
　　　　者受到其他欣赏起来更长久、受苦得更惨酷的死刑了；现
　　　　在你给我留心看着，想一想你的未来的遭遇而晕过去吧。
　　　　（向科利奥兰纳斯）愿荣耀的天神们每时每刻护佑着你，像
　　　　你的米尼涅斯老爹一样眷爱你！啊，我的孩子！我的孩
　　　　子！你在准备用火烧我们；瞧，我要用我眼睛里的泪水把
　　　　它浇熄。他们好容易劝我到这儿来；可是我因为相信除了
　　　　我自己以外，再也没有别人可以说动你，所以就让叹息把
　　　　我吹出了城门，来求你宽恕罗马，和你的迫切待命的同胞
　　　　们。愿善良的神明们缓和你的愤怒，要是你还有几分气恼
　　　　未消，请你发泄在这个奴才的身上吧，他像一块石头一样，
　　　　挡住了我不让见你。

科利奥兰纳斯　去！

米尼涅斯　怎么！去！

科利奥兰纳斯　我不知道什么妻子、母亲、儿女。我现在替别人做着事情，虽然是为自己报仇，可是我的行动要受伏尔斯人的支配。讲到我们过去的交情，那么还是让它在无情的遗忘里冷淡下去，不要用同情的怜悯唤起它的记忆吧。所以你去吧；你们的城门经不起我大军的一击，我的耳朵却不会被你们的呼吁所打动。可是为了我们的友谊，把这拿去吧；（以信交米尼涅斯）这是我写给你的，我本想叫人送给你。还有一句话，米尼涅斯，我不想听你说话。奥菲狄乌斯，这个人是我在罗马的好朋友，可是你瞧我怎样对待他！

奥菲狄乌斯　您有一个很坚决的意志。（科利奥兰纳斯、奥菲狄乌斯同下。）

守卒甲　先生，您的大名是米尼涅斯吗？

守卒乙　这一个名字是一道很有法力的符咒。现在您知道从哪条路回家去了。

守卒甲　您有没有听见我们因为不让大驾通过，挨了怎样一顿痛骂？

守卒乙　为了什么理由您说我要晕过去呢？

米尼涅斯　整个世界和你们的主将都不在我的心上；至于像你们这种东西，那么我简直不知道世上有你们存在，你们是太渺小了。自己愿意死的人，不怕别人把他杀死。让你们的主将去大施威风吧。讲到你们，那么愿你们一辈子做个没出息的小兵；愿你们的困苦与年俱增！你们叫我去，我也要对你们说，滚开！（下。）

守卒甲　他不是一个等闲之辈。

守卒乙　我们的主将是个好汉；他是岩石，是风吹不折的橡树。

（同下。）

第三场　科利奥兰纳斯营帐

科利奥兰纳斯、奥菲狄乌斯及余人等上。

科利奥兰纳斯　我们明天将要在罗马城前驻扎下我们的大军。我
的从征的助手，你必须向伏尔斯政府报告我怎样坦白地执
行我的任务的情形。

奥菲狄乌斯　您只知道履行他们的意旨，充耳不闻罗马人民的呼
吁，不让一句低声的私语进入您的耳中；即使那些自信和
您交情深厚、决不会遭您拒绝的朋友，也不能不失望而归。

科利奥兰纳斯　最后来的那位老人家，就是我使他怀着一颗碎裂
的心回去的那位，爱我胜如一个父亲；他简直把我像天神
一样崇拜。他们把最后的希望寄托在他身上，叫他来向我
说情；我虽然用冷酷的态度对待他，可是为了顾念往日的
交情起见，仍旧向他提出最初的条件，那是他们所已经拒
绝、现在也无法接受的。我不曾向他们作过什么让步，以
后要是他们再派什么人来向我请求，无论是政府方面的使
者，或是私人方面的朋友，我都一概不去理会他们。（内
呼声）嘿！这是什么呼声？难道我刚发了誓，就有人来引
诱我背誓吗？我一定不。

维吉利娅、伏伦妮娅各穿丧服，率小马歇斯、凡勒利

娅及侍从等上。

科利奥兰纳斯　我的妻子走在最前面；跟着她来的就是塑成我这躯体的高贵的模型，她的手里还挽着她的嫡亲的孙儿。可是去吧，感情！一切天性中的伦常，都给我毁灭了吧！让倔强成为一种美德。那屈膝的敬礼，还有那可以使天神背誓的鸽子一样温柔的眼光，又都值得了什么呢？我要是被温情所溶解，那么我就要变得和别人同样软弱了。我的母亲向我鞠躬了，好像俄林波斯山也会向一个土丘低头恳求一样；我的年幼的孩儿也露着求情的脸色，伟大的天性不禁喊出，"不要拒绝他！"让伏尔斯人耕耘着罗马的废壤，把整个意大利夷为田亩吧；我决不做一头服从本能的呆鹅，我要漠然无动于衷，就像我是我自己的创造者、不知道还有什么亲族一样。

维吉利娅　我的主，我的丈夫！

科利奥兰纳斯　我现在不是用我在罗马时候的那双眼睛瞧着你了。

维吉利娅　悲哀改变了我们的容貌，所以您才会这样想。

科利奥兰纳斯　像一个愚笨的伶人似的，我现在已经忘记了我所扮演的角色，将要受众人的耻笑了。我的最亲爱的，原谅我的残酷吧；可是不要因此而向我说，"原谅我们的罗马人。"啊！给我一个像我的放逐一样长久、像我的复仇一样甜蜜的吻吧！善妒的天后可以为我证明，爱人，我这一个吻就是上次你给我的，我的忠心的嘴唇一直为它保持着贞操。天啊！我是多么饶舌，忘记了向全世界最高贵的母亲致敬。母亲，您的儿子向您下跪了；（跪）我应该向您表示不同于一般儿子的最深的敬意。

伏伦妮娅　啊！站起来受我的祝福；让坚硬的石块做我的膝垫，我现在跪在你的面前，颠倒向我的儿子致敬了。（跪。）

科利奥兰纳斯　这是什么意思？您向我下跪！向您有罪的儿子下跪！那么让硗瘠的海滨的石子向天星飞射，让作乱的狂风弯折凌霄的松柏，去打击赤热的太阳吧；一切不可能的事都要变成可能，一切不会实现的奇迹都要变成轻易的工作了。

伏伦妮娅　你是我的战士；你这雄伟的躯体上一部分是我的心血。你认识这位夫人吗？

科利奥兰纳斯　坡勃力科拉的尊贵的姊妹，罗马的明月；她的贞洁有如从最皎白的雪凝冻而成，悬挂在狄安娜神庙檐下的冰柱；亲爱的凡勒利娅！

伏伦妮娅　这是你自己的一个小小的缩影，（指小儿）等他长大成人以后，他就会完全像你一样。

科利奥兰纳斯　愿全高无上的乔武允许战神把义勇的精神启发你的思想，让你不会屈服于耻辱之下，在战争中间做一座伟大的海标，受得住一切风浪的袭击，使那些望着你的人都能得救！

伏伦妮娅　跪下来，孩子。

科利奥兰纳斯　我的好孩子！

伏伦妮娅　他，你的妻子，这位夫人，以及我自己，现在都来向你请求了。

科利奥兰纳斯　请您不要说下去；或者在您没有向我提出什么要求以前，先记住这一点：我所立誓决不允许的事情，不能因为你们的请求而答应你们。不要叫我撤回我的军队，或者再向罗马的手工匠屈服；不要对我说我在什么地方太不近人情；也不要想用你们冷静的理智浇熄我的复仇的怒火。

伏伦妮娅 啊！别说了，别说了；你已经拒绝我们一切的要求，因为我们除了你所已经拒绝的以外，更没有什么其他的要求了；可是我们还是要向你请求，那么要是你拒绝了我们，我们就可以归怨于你的忍心。所以，听我们说吧。

科利奥兰纳斯 奥菲狄乌斯，还有你们这些伏尔斯人，请你们听着；因为凡是从罗马来的言语，我都要公之于众人。您的要求是什么？

伏伦妮娅 即使我们静默不言，你也可以从我们的衣服和容态上，看出我们自从你放逐以后，过着怎样的生活。请你想一想，我们到这儿来，是怎样比世间所有的妇女不幸万分，因为我们看见了你，本来应该眼睛里荡漾着喜悦，心坎里跳跃着欣慰，可是现在反而悲泣流泪，忧惧颤栗；母亲、妻子、儿子，都要看着她的孩子、她的丈夫和他的父亲亲手挖出他祖国的心脏来。你的敌意对于可怜的我们是无上的酷刑，你使我们不能向神明祈祷，那本来是每一个人所能享受的安慰。因为，唉！我们虽然和祖国的命运是不可分的，可是我们的命运又是和你的胜利不可分的，我们怎么能为我们的祖国祈祷呢？唉！我们倘不是失去我们的国家，我们亲爱的保姆，就是失去你，我们在国内唯一的安慰。无论哪一方得胜，虽然都符合我们的愿望，可是总免不了一个悲惨的结果：我们不是看见你像一个通敌的叛徒一般，戴上镣铐牵过市街，就是看见你意气扬扬地践踏在祖国的废墟上，高举着胜利的旗帜，因为你已经勇敢地溅了你妻子儿女的血。至于我自己，那么，孩子，我不愿等候命运宣判战争的最后胜负；要是我不能把你劝服，使你放弃了陷一个国家于灭亡的行动，而采取一种兼利双方的途径，那么相信我，我决不让你侵犯你的国家，除非先从你生身母亲的身上践踏过去。

维吉利娅　噢，我替您生下这个孩子，继续您的家声，您现在也必须从我的身上践踏过去。

小马歇斯　我可不让他踏；我要逃走，等我年纪长大了，我也要打仗。

科利奥兰纳斯　看见孩子和女人的脸，容易使人心肠变软。我已经坐得太久了。（起立。）

伏伦妮娅　不，不要就这样离开我们。要是我们的请求，是要你为了拯救罗马人的缘故而毁灭你所臣事的伏尔斯人，那么你可以责备我们不该损害你的信誉；不，我们的请求只是要你替双方和解，伏尔斯人可以说，"我们已经表示了这样的慈悲，"罗马人也可以说，"我们已经接受了这样的恩典，"同时两方面都向你欢呼称颂，"祝福你替我们缔结和平！"你知道，我的伟大的儿子，战争的结果是不能确定的，可是这一点却可以确定：要是你征服了罗马，你所收得的利益，不过是一个永远伴着唾骂的恶名；历史上将要记载："这个人本来是很英勇的，可是他在最后一次的行动里亲手涂去了他的令名，毁灭了他的国家，他的名字永受后世的憎恨。"儿子，对你的母亲不能默默无言哪：你已保全了体面，就该同天神一样做得光彩，虽然用雷电撕

科利奥兰纳斯

裂云层，却不妨霹雳一声，震倒一棵橡树，何必让生灵涂炭呢。你为什么不说话呢？你以为一个高贵的人，是应该不忘旧怨的吗？媳妇，你说话呀；他不理会你的哭泣呢。你也说话呀，孩子；也许你的天真会比我们的理由更能使他感动。没有一个人和他母亲的关系更密切了；可是他现在却让我像一个用脚镣锁着的囚人一样叨叨絮语，置若罔闻。你从来不曾对你亲爱的母亲表示过一点孝敬；她却像一头痴心爱着它头胎雏儿的母鸡似的，把你教养成人，送你献身疆场，又迎接你满载着光荣归来。要是我的请求是不正当的，你尽可以挥斥我回去；否则你就是不忠不孝，天神将要降祸于你，因为你不曾向你的母亲尽一个人子的义务。他转身去了；跪下来，让我们用屈膝羞辱他。附属于他那科利奥兰纳斯的姓氏上的，只有骄傲，没有一点怜悯。跪下来；完了，这是我们最后的哀求；我们现在要回到罗马去，和我们的邻人们死在一起。不，瞧着我们吧。这个小孩不会说他要些什么，只是陪着我们下跪举手，他代替我们呼吁的理由，比你拒绝的理由有力得多。来，我们去吧。这人有一个伏尔斯的母亲，他的妻子在科利奥里，他的孩子也许像他一样。可是请你给我们一个答复；我要等我们的城市在大火中焚烧以后，方才停止我的声音，那时候我也没有什么好说了。

科利奥兰纳斯 （握伏伦妮娅手，沉默）啊，母亲，母亲！您做了一件什么事啦？瞧！天都裂了开来，神明在俯视这一场悖逆的情景而讥笑我们了。啊，我的母亲！母亲！啊！您替罗马赢得了一场幸运的胜利；可是相信我，啊！相信我，被您战败的您的儿子，却已经遭遇着严重的危险了。可是让它来吧。奥菲狄乌斯，虽然我不能帮助你们战胜，可是我愿意为双方斡旋和平。好奥菲狄乌斯，要是你处在我的地位，你会听你的母亲这样说而不答应她吗？

奥菲狄乌斯　我心里非常感动。

科利奥兰纳斯　我敢发誓你一定受到感动。将军，要我的眼睛里流下同情的眼泪来，可不是一件容易的事呢。可是，好将军，你们想要缔结怎样的和平，请你告诉我；我自己并不到罗马，仍旧跟着你们一起回去；请你帮助我促成这一个目的吧。啊，母亲！妻子！

奥菲狄乌斯　（*旁白*）我很高兴你已经使慈悲和荣誉两种观念在你的心里互相抵触了；我可以利用这一个机会，恢复我以前的地位。（*诸妇人向科利奥兰纳斯作手势示意。*）

科利奥兰纳斯　好，那慢慢再说。我们先在一起喝杯酒；你们可以带一个比言语更确实的证据回去，那是我们在同样情形之下也会照样签署的。米，跟我们进去。夫人们，罗马应该为你们建造一座庙宇；意大利所有的刀剑和她的联合的军力，都不能缔结这样的和平。（*同下。*）

第四场　罗马。广场

　　　　　米尼涅斯及西西涅斯上。

米尼涅斯　你看见那边庙堂上的基石吗？

西西涅斯　看见了又怎样？

米尼涅斯　要是你能够用你的小指头把它移动，那么，罗马的妇女们，尤其是他的母亲，也许有几分希望可以把他说服。可是我说，再也不会有什么希望了。我们只是在伸着头颈等候人家来切断我们的咽喉。

西西涅斯　难道在这样短短的时间里，一个人会改变得这样厉害吗？

米尼涅斯　毛虫和蝴蝶是大不相同的，可是蝴蝶就是从毛虫变化而成的。这马歇斯已经从一个人变成一条龙了；他已经生了翅膀，不再是一个爬行的东西了。

西西涅斯　他本来是很孝敬他的母亲的。

米尼涅斯　他本来也很爱我；可是他现在就像一匹八岁的马，完全忘记他的母亲了。他脸上那股凶相，可以使熟葡萄变酸；他走起路来，就像一辆战车开过，把土地都震陷了；他的目光可以穿透甲胄；他的说话有如丧钟，哼一声也像大炮的轰鸣。他坐在尊严的宝座上，好像只有亚历山大才可以和他对抗。他的命令一发出，事情就已经办好。他全然是一个天神，只缺少永生和一个可以雄踞的天庭。

西西涅斯　要是你说得他不错，那么他还缺少天神应有的慈悲。

米尼涅斯　我不过照他的本相描写他。你瞧着吧，他的母亲将会从他那儿带些什么慈悲来。他要是会发慈悲，那么雄虎身上也会有乳汁了；我们这不幸的城市就可以发现这一个真理，这一切都是为了你们的缘故！

西西涅斯　但愿神明护佑我们！

米尼涅斯　不，神明在这种事情上是不会护佑我们的。当我们把他放逐的时候，我们就已经冒犯了神明；现在他回来杀我们的头，神明也不会可怜我们。

一使者上。

使者　先生，您要是爱惜性命，赶快逃回家里躲起来吧。民众已经把你们那一位护民官捉住，把他拖来拖去，大家发誓说要是那几位罗马妇女不把好消息带回来，就要把他寸寸碟死。

另一使者上。

西西涅斯　有什么消息？

使者乙　好消息！好消息！那几位夫人已经得到胜利，伏尔斯军队撤退了，马歇斯也去了。罗马从来不曾有过这样欢乐的日子；就是击退塔昆的时候，也不及今天这样高兴。

西西涅斯　朋友，你能够确定这句话是真的吗？全然是正确的吗？

使者乙　正像我知道太阳是一团火一样正确。您究竟躲在什么地方，才会不相信这句话呢？好消息传进城里，是比潮水冲过桥孔还快的。你听！（喇叭箫鼓声同时并奏，内欢呼声）喇叭、号筒、弦琴、横笛、手鼓、铙钹，还有欢呼的罗马人，使太阳都跳起舞来了。您听！（内欢呼声。）

米尼涅斯　这果然是好消息。我要去迎接那几位夫人。这位伏伦妮娅抵得过全城的执政、元老和贵族；比起像你们这样的护民官来，那么盈海盈陆的护民官，也抵不上她一个人。你们今天祷告得很有灵验；今天早上我还不愿出一个铜子来买你们一万条喉咙哩。听，他们多么快乐！（乐声，欢呼声继续。）

西西涅斯　第一，你带了这样好消息来，愿神明祝福你；第二，

科利奥兰纳斯

119

请你接受我的感谢。

使者乙　先生，我们大家都应该感谢上天。

西西涅斯　她们已经离城很近了吗？

使者乙　快要进城来了。

西西涅斯　我们也去迎接她们，凑凑热闹。（欲去。）

　　　　伏伦妮娅、维吉利娅、凡勒利娅等由元老、贵族、民众等簇拥而上，自台前穿过。

元老甲　瞧我们的女恩人，罗马的生命！召集你们的部族，赞美神明，燃起庆祝的火炬来；在她们的面前散布鲜花；用欢迎他母亲的呼声，代替你们从前要求放逐马歇斯的鼓噪，大家喊，"欢迎，夫人们，欢迎！"

众人　欢迎，夫人们，欢迎！（鼓角各奏花腔；众人下。）

第五场　科利奥里。广场

　　　　塔勒斯·奥菲狄乌斯及侍从等上。

奥菲狄乌斯　你们去通知城里的官员们，说我已经到了；把这封信交给他们，叫他们读了以后，就到市场上去，我要在那边当着他们和民众，证明这信里所写的话。我所控告的那个人，现在大概也进了城，他也想在民众面前用言语替他自己辩解；你们快去吧。（侍从等下。）

　　　　奥菲狄乌斯党羽三四人上。

奥菲狄乌斯　非常欢迎！

党徒甲　我们的主帅安好？

奥菲狄乌斯　别提啦，我正像一个被自己的布施所毒害、被自己的善心所杀死的人。

党徒乙　主帅，要是您仍旧希望我们帮助您实行原来的计划，我们一定愿意替您解除您的重大的危险。

奥菲狄乌斯　现在我还不能说；我们必须在明白人民的心理以后，再决定怎么办。

党徒丙　当你们两人继续对立的时候，人民的喜怒也不会有一定的方向；可是你们中间无论哪一个人倒下以后，还有那一个人就可以为众望所归。

奥菲狄乌斯　我知道；我必须找到一个振振有辞的借口，方才可以对他作无情的抨击。他是我提拔起来的人，我用自己的名誉担保他的忠心；可是他这样跻登贵显以后，就用谄媚的露水灌溉他的新栽的树木，引诱我的朋友们归附他，为了这一个目的，他方才有意抑制他的粗暴倔强、不受拘束的性格，装出一副卑躬屈节的态度。

党徒丙　主帅，他在候选执政的时候，因为过于傲慢而落选——

奥菲狄乌斯　那正是我要说起的事：他因为得罪了罗马的民众，被他们放逐出境，他就到我的家里来，向我伸颈就戮；我收容了他，使他成为我的同僚，一切满足他的要求；甚至于为了帮助他完成他的目的起见，让他在我的部队中间亲自挑选最勇壮的兵士；我自己也尽力协助他，和他分任劳苦，却让他一个人收到名誉。我这样挫抑着自己，非但毫无怨尤，而且还自以为成人之美，是一件值得自豪的事。直到后来，我仿佛变成了他的下属，而不是他的同僚了；他对我老是露出不屑的神气，好像我是一个贪利之徒一样。

科利奥兰纳斯

党徒甲　他正是这样，主帅；全军都觉得非常奇怪。后来我们向罗马长驱直进，满以为这次一定可以大获全胜——

奥菲狄乌斯　正是；为了这一次的事情，我也一定要把他亲手扑杀。单单几滴像谎话一样不值钱的女人的眼泪，就会使他出卖了我们在这次伟大的行动中所抛掷的血汗和劳力。他非死不可，他的没落才是我出头的机会。可是听！（鼓角声，夹杂人民高呼声。）

党徒甲　您走进您自己的故乡，就像到一处驿站一样，不曾有一个人欢迎您回来；可是他回来的时候，那喧哗的声音却把天都震破了。

党徒乙　那些健忘的傻瓜们，没有想到他曾经杀死他们的子女，却拚命张开他们卑贱的喉咙来向他称颂。

党徒丙　所以您应该趁他没有为自己辩白、凭着他的利嘴鼓动人心以前，就让他死在您的剑下，我们一定会帮助您。等他死了以后，您就可以用您自己的话宣布他的罪状，即使他有天大的理由，也只好和他的尸体一同埋葬了。

奥菲狄乌斯　不要说下去；官员们来了。

城中众官员上。

众官　您回来了，欢迎得很！

奥菲狄乌斯　我不值得受各位这样的欢迎。可是，各位大人，你们有没有用心读过我写给你们的信？

众官　我们已经读过了。

官甲　并且很觉得痛心。他以前所犯的种种错误，我想未始不可以从宽处分；可是他这样越过一切的界限，轻轻地放弃了我们厉兵秣马去谋取的利益，擅作主张，和一个濒于屈膝的城市缔结休战的条约，这是绝对不可容恕的。

奥菲狄乌斯　他来了；你们可以听听他怎么说。

科利奥兰纳斯上，旗鼓前导，一群市民随上。

科利奥兰纳斯　祝福，各位大人！我回来了，仍旧是你们的兵士，仍旧像我去国的时候一样对自己的祖国没有一点眷恋，一心一意接受你们伟大的命令。让我报告你们知道，我已经顺利地执行了我的使命，用鲜血打开了一条大道，直达罗马的城前。我们这次带回来的战利品，足足抵偿出征费用的三分之一而有余。我们已经缔结和约，使安息人得到极大的光荣，但是对罗马人也并不过于难堪。这儿就是已经由罗马的执政和贵族签字，并由元老院盖印核准的我们所议定的条件，现在我把它呈献给各位了。

奥菲狄乌斯　不要读它，各位大人；对这个叛徒说，他已经越权滥用你们的权力，罪在不赦了。

科利奥兰纳斯　叛徒！怎么？

奥菲狄乌斯　是的，叛徒，马歇斯。

科利奥兰纳斯　马歇斯！

奥菲狄乌斯　是的，马歇斯，卡厄斯·马歇斯。你以为我会在科利奥里用你那个盗窃得来的名字科利奥兰纳斯称呼你吗？各位执政的大臣，他已经不忠不信地辜负了你们的付托，为了几滴眼泪的缘故，把你们的罗马城放弃在他的母亲妻子的手里——听着，我说罗马是"你们的城市"。他破坏他的盟誓和决心，就像拉断一绞烂丝一样，也没有咨询其他将领的意见，就这样痛哭号呼地牺牲了你们的胜利；他这种卑怯的行动，使孩儿们也代他羞愧，勇士们都面面相

科利奥兰纳斯

觑，愕然失色。

科利奥兰纳斯　你听见吗，战神马斯？

奥菲狄乌斯　不要提起天神的名字，你这善哭的孩子！

科利奥兰纳斯　嘿！

奥菲狄乌斯　我的话就是这样。

科利奥兰纳斯　你这漫天说谎的家伙，我的心都气得快要胀破了。孩子！啊，你这奴才！恕我，各位大人，这是我第一次迫不得已的骂人。请各位秉公判断，痛斥这狗子的妄言。他身上还留着我鞭笞的痕迹，我总要把他打下坟墓里去。

官甲　两个人都不要闹，听我说话。

科利奥兰纳斯　把我斩成片段吧，伏尔斯人；成人和儿童们，让你们的剑上都沾着我的血吧。孩子！说谎的狗！要是你们的历史上记载的是实事，那么你们可以翻开来看一看，我曾经怎样像一头鸽棚里的鹰似的，在科利奥里城里单拳独掌，把你们这些伏尔斯人打得落花流水。孩子！

奥菲狄乌斯　嘿，各位大人；你们愿意让这个亵渎神圣、大言不惭的狂徒当着你们的耳目，夸耀他的盲目的侥幸，使你们回想到你们的耻辱吗？

众党徒　杀死他，杀死他！

众市民　撕碎他的身体！——立刻杀死他！——他杀死我的儿子！——我的女儿！——他杀死了我的族兄玛克斯！——他杀死了我的父亲！

官乙　静下来，喂！不许行暴；静下来！这人是一个英雄，他的名誉广播世间。他对于我们所犯的罪行，必须用合法的手续审判。站住，奥菲狄乌斯，不要扰乱治安。

科利奥兰纳斯　啊！要是我的剑在手头，即使有六个奥菲狄乌斯，或者他的所有的党徒都在我的面前，我也一定要结果他的性命！

奥菲狄乌斯　放肆的恶徒！

众党徒　杀，杀，杀，杀，杀死他！（奥菲狄乌斯及众党徒拔剑杀科利奥兰纳斯，科利奥兰纳斯倒地；奥菲狄乌斯立于科利奥兰纳斯尸体上。）

众官　住手，住手，住手，住手！

奥菲狄乌斯　各位朋友，听我说话。

官甲　啊，塔勒斯！

官乙　你已经做了一件将要使勇士们悲泣的事了。

官丙　不要踏在他的身上。各位朋友，静下来。收好你们的剑。

奥菲狄乌斯　各位大人，这次暴行完全是他自己向我们挑衅的结果，你们已经亲眼瞧见他的行为，一定知道这一个人的存在对于你们是一种多大的危险，现在我们已经除去这一个祸患，你们应该引为莫大的幸事。请你们把我传到你们的元老院里去质询吧，我愿意呈献我自己做你们的忠仆，或者受你们最严厉的处分。

官甲　把他的尸体搬去；你们大家为他悲泣，用最隆重的敬礼表示哀思吧。

官乙　他自己的躁急，免去了奥菲狄乌斯大部分的责任。事情已经到这个地步，我们还是商量善后的处置吧。

奥菲狄乌斯　我的愤怒已经消失，我感到深深的悔恨。把他抬起来；让三个重要的军人帮着抬他的尸体，我自己也做其中的一个。鼓手，在你的鼓上敲出沉痛的节奏来；把你们的钢矛倒推在地上行走。虽然他在这城里杀死了许多人的丈夫儿女，使他们至今吞声饮泣，可是他必须有一个光荣的葬礼。大家帮着我。（众抬科利奥兰纳斯尸体同下；奏丧礼进行曲。）

裘力斯·凯撒

剧中人物

裘力斯·凯撒

奥克泰维斯·凯撒

玛克·安东尼　　　　　} 凯撒死后的三人执政

伊米力斯·莱必多斯

西塞罗

坡勃律斯　　　　　} 元老

波匹律斯·里那

玛克斯·勃鲁托斯

凯歇斯

凯斯卡

特莱包涅斯

里加律斯　　　　　} 反对凯撒的叛党

狄歇斯·勃鲁托斯

麦泰勒斯·辛伯

西那

弗莱维斯　　　　} 护民官

马鲁勒斯

阿特米多勒斯　克尼陀斯的诡辩学者

预言者

西那　诗人

另一诗人

路西律斯

泰提涅斯

梅萨拉　　　　　勃鲁托斯及凯歇斯的友人

小凯图

伏伦涅斯

凡罗

克列特斯

克劳狄斯

斯特莱托　　　　勃鲁托斯的仆人

路歇斯

达台涅斯

品达勒斯　凯歇斯的仆人

凯尔弗妮娅　凯撒之妻

鲍西娅　勃鲁托斯之妻

元老、市民、卫队、侍从等

地　点

大部分在罗马；后半一部分在萨狄斯，一部分在腓利比附近

第一幕

第一场　罗马。街道

弗莱维斯、马鲁勒斯及若干市民上。

弗莱维斯　去！回家去，你们这些懒得做事的东西，回家去。今天是放假的日子吗？嘿！你们难道不知道，你们做手艺的人，在工作的日子走到街上来，一定要把你们职业的符号带在身上吗？说，你是干哪种行业的？

市民甲　呃，先生，我是一个木匠。

马鲁勒斯　你的革裙、你的尺呢？你穿起新衣服来干什么？你，你是干哪种行业的？

市民乙　说老实话，先生，我说不上有高等手艺，我无非是你们所谓的粗工匠罢了。

马鲁勒斯　可是你究竟是什么行业的人，简单地回答我。

市民乙　先生，我希望我干的行业可以对得起自己的良心；我不
　　　　过是个替人家补缺补漏的。

马鲁勒斯　混帐东西，说明白一些你是干什么的？

市民乙　嗳，先生，请您不要对我生气；要是您有什么漏洞，先
　　　　生，我也可以替您补一补。

马鲁勒斯　你这话是什么意思？替我补一补，你这坏蛋？

市民乙　对不起，先生，替你补破鞋洞。

弗莱维斯　你是一个补鞋匠吗？

市民乙　不瞒您说，先生，我的吃饭家伙就只有一把锥子；我也
　　　　不会动斧头锯子，我也不会做针线女工，我就只有一把锥
　　　　子。实实在在，先生，我是专治破旧靴鞋的外科医生；它
　　　　们倘然害着危险的重病，我都可以把它们救活过来。那些
　　　　脚踏牛皮的体面绅士，都曾请教过我哩。

弗莱维斯　可是你今天为什么不在你的铺子里作工？为什么你要
　　　　领着这些人在街上走来走去？

市民乙　不瞒您说，先生，我要叫他们多走破几双鞋子，让我好
　　　　多做几注生意。可是实实在在，先生，我们今天因为要迎
　　　　接凯撒，庆祝他的凯旋，所以才放了一天假。

马鲁勒斯　为什么要庆祝呢？他带了些什么胜利回来？他的战车
　　　　后面缚着几个纳土称臣的俘囚君长？你们这些木头石块，
　　　　冥顽不灵的东西！冷酷无情的罗马人啊，你们忘记了庞贝
　　　　吗？好多次你们爬到城墙上、雉堞上，有的登在塔顶，有
　　　　的倚着楼窗，还有人高踞烟囱的顶上，手里抱着婴孩，整
　　　　天坐着耐心等候，为了要看一看伟大的庞贝经过罗马的街
　　　　道；当你们看见他的战车出现的时候，你们不是齐声欢呼，

裘力斯·凯撒

使台伯河里的流水因为听见你们的声音在凹陷的河岸上发出反响而颤栗吗？现在你们却穿起了新衣服，放假庆祝，把鲜花散布在踏着庞贝的血迹凯旋回来的那人的路上吗？快去！奔回你们的屋子里，跪在地上，祈祷神明饶恕你们的忘恩负义吧，否则上天的灾祸一定要降在你们头上了。

弗莱维斯 去，去，各位同胞，为了你们这一个错误，赶快把你们所有的伙伴们集合在一起，带他们到台伯河岸上，把你们的眼泪洒入河中，让那最低的水流也会漫过那最高的堤岸。（众市民下）瞧这些下流的材料也会天良发现；他们因为自知有罪，一个个哑口无言地去了。您打那一条路向圣殿走去；我打这一条路走。要是您看见他们在偶像上披着锦衣彩饰，就把它撕下来。

马鲁勒斯 我们可以这样做吗？您知道今天是卢柏克节①。

弗莱维斯 别管它；不要让偶像身上悬挂着凯撒的胜利品。我要去驱散街上的愚民；您要是看见什么地方有许多人聚集在一起，也要把他们赶散。我们应当趁早剪拔凯撒的羽毛，让他无力高飞；要是他羽毛既长，一飞冲天，我们大家都要在他的足下俯伏听命了。（各下。）

第二场　同前。广场

凯撒率众列队奏乐上；安东尼作竞走装束、凯尔弗妮

---

①卢柏克节（Lupercal），二月十五日，罗马为畜牧神卢柏克葛斯的节日。

婭、鲍西婭、狄歇斯、西塞罗、勃鲁托斯、凯歇斯、凯斯卡同上；大群民众随后，其中有一预言者。

凯撒　凯尔弗妮婭！

凯斯卡　肃静！凯撒有话。（乐止。）

凯撒　凯尔弗妮婭！

凯尔弗妮婭　有，我的主。

凯撒　你等安东尼快要跑到终点的时候，就到跑道中间站在和他当面的地方。安东尼！

安东尼　有，凯撒，我的主。

凯撒　安东尼，你在奔走的时候，不要忘记用手碰一碰凯尔弗妮婭的身体；因为有年纪的人都说，不孕的妇人要是被这神圣的竞走中的勇士碰了，就可以解除乏嗣的咒诅。

安东尼　我一定记得。凯撒吩咐做什么事，就得立刻照办。

凯撒　现在开始吧；不要遗漏了任何仪式。（音乐。）

预言者　凯撒！

凯撒　嘿！谁在叫我？

凯斯卡　所有的声音都静下来；肃静！（乐止。）

凯撒　谁在人丛中叫我？我听见一个比一切乐声更尖锐的声音喊着"凯撒"的名字。说吧；凯撒在听着。

预言者　留心三月十五日。

凯撒　那是什么人？

勃鲁托斯　一个预言者请您留心三月十五日。

凯撒　把他带到我的面前；让我瞧瞧他的脸。

凯斯卡　家伙，跑出来见凯撒。

凯撒　你刚才对我说什么？再说一遍。

预言者　留心三月十五日。

凯撒　他是个做梦的人；不要理他。过去。（吹号；除勃鲁托斯、
　　　凯歇斯外均下。）

凯歇斯　您也去看他们赛跑吗？

勃鲁托斯　我不去。

凯歇斯　去看看也好。

勃鲁托斯　我不喜欢干这种陶情作乐的事；我没有安东尼那样活
　　　泼的精神。不要让我打断您的兴致，凯歇斯；我先去了。

凯歇斯　勃鲁托斯，我近来留心观察您的态度，从您的眼光之中，
　　　我觉得您对于我已经没有从前那样的温情和友爱；您对于
　　　爱您的朋友，太冷淡而疏远了。

勃鲁托斯　凯歇斯，不要误会。要是我在自己的脸上罩着一层阴
　　　云，那只是因为我自己心里有些烦恼。我近来为某种情绪
　　　所困苦，某种不可告人的隐忧，使我在行为上也许有些反
　　　常的地方；可是，凯歇斯，您是我的好朋友，请您不要因
　　　此而不快，也不要因为可怜的勃鲁托斯和他自己交战，忘
　　　记了对别人的礼貌，而责怪我的怠慢。

凯歇斯　那么，勃鲁托斯，我大大地误会了您的心绪了；我因为
　　　疑心您对我有什么不满，所以有许多重要的值得考虑的意
　　　见我都藏在自己的心头，没有对您提起。告诉我，好勃鲁
　　　托斯，您能够瞧见您自己的脸吗？

勃鲁托斯　不，凯歇斯；因为眼睛不能瞧见它自己，必须借着反
　　　射，借着外物的力量。

凯歇斯　不错，勃鲁托斯，可惜您却没有这样的镜子，可以把您
　　　隐藏着的贤德照到您的眼里，让您看见您自己的影子。我

曾经听见那些在罗马最有名望的人——除了不朽的凯撒以外——说起勃鲁托斯，他们呻吟于当前的桎梏之下，都希望高贵的勃鲁托斯睁开他的眼睛。

勃鲁托斯　凯歇斯，您要我在我自己身上寻找我所没有的东西，到底是要引导我去干什么危险的事呢？

凯歇斯　所以，好勃鲁托斯，留心听着吧；您既然知道您不能瞧见您自己，像在镜子里照得那样清楚，我就可以做您的镜子，并不夸大地把您自己所不知道的自己揭露给您看。不要疑心我，善良的勃鲁托斯；倘然我是一个胁肩谄笑之徒，惯用千篇一律的盟誓向每一个人矢陈我的忠诚；倘然您知道我会当着人家的面向他们献媚，把他们搂抱，背了他们就用诽语毁谤他们；倘然您知道我是一个常常跟下贱的平民酒食征逐的人，那么您就认为我是一个危险分子吧。（喇叭奏花腔。众欢呼声。）

勃鲁托斯　这一阵欢呼是什么意思？我怕人民会选举凯撒做他们的王。

凯歇斯　嗯，您怕吗？那么看来您是不赞成这回事了。

勃鲁托斯　我不赞成，凯歇斯；虽然我很敬爱他。可是您为什么拉住我在这儿？您有什么话要对我说？倘然那是对大众有利的事，那么让我的一只眼睛看见光荣，另一只眼睛看见死亡，我也会同样无动于衷地正视着它们；因为我喜爱光荣的名字，甚于恐惧死亡，这自有神明作证。

凯歇斯　我知道您有那样内心的美德，勃鲁托斯，正像我知道您的外貌一样。好，光荣正是我的谈话的题目。我不知道您和其他的人对于这一个人生抱着怎样的观念；可是拿我个人而论，假如要我为了自己而担惊受怕，那么我还是不要活着的好。我生下来就跟凯撒同样的自由；您也是一样。我们都跟他同样地享受过，同样地能够忍耐冬天的寒冷。记得有一次，在一个狂风暴雨的白昼，台伯河里的怒浪正冲激着它的堤岸，凯撒对我说，"凯歇斯，你现在敢不敢跟我跳下这汹涌的波涛里，泅到对面去？"我一听见他的话，就穿着随身的衣服跳了下去，叫他跟着我；他也跳了下去。那时候滚滚的急流迎面而来，我们用壮健的膂力拼命抵抗，用顽强的心破浪前进；可是我们还没有达到预定的目标，凯撒就叫起来说，"救救我，凯歇斯，我要沉下去了！"正像我们伟大的祖先埃涅阿斯从特洛亚的烈焰之中把年老的安喀西斯肩负而出一样，我把力竭的凯撒负出了台伯河的怒浪。这个人现在变成了一尊天神，凯歇斯却是一个倒霉的家伙，要是凯撒偶然向他点一点头，也必须俯下他的身子。他在西班牙的时候，曾经害过一次热病，我看见那热病在他身上发作，他的浑身都战抖起来；是的，这位天神也会战抖；他的懦怯的嘴唇失去了血色，那使全世界惊悚的眼睛也没有了光彩；我听见他的呻吟；是的，他那使罗马人耸耳而听、使他们把他的话记载在书册上的舌头，唉！却吐出了这样的呼声，"给我一些水喝，泰提涅斯，"就像一个害病的女儿一样。神啊，像这样一个心神软弱的人，却会征服这个伟大的世界，独占着胜利的光荣，真是我再也想不到的事。（喇叭奏花腔。欢呼声。）

勃鲁托斯　又是一阵大众的欢呼！我相信他们一定又把新的荣誉加在凯撒的身上，所以才有这些喝彩的声音。

凯歇斯　嘿，老兄，他像一个巨人似的跨越这狭隘的世界；我们这些渺小的凡人一个个在他粗大的两腿下行走，四处张望着，替自己寻找不光荣的坟墓。人们有时可以支配他们自己的命运；要是我们受制于人，亲爱的勃鲁托斯，那错处并不在我们的命运，而在我们自己。勃鲁托斯和凯撒；"凯撒"那个名字又有什么了不得？为什么人们只是提起它而不提起勃鲁托斯？把那两个名字写在一起，您的名字并不比他的难看，放在嘴上念起来，它也一样顺口；称起重量来，它们是一样的重；要是用它们呼神召鬼，"勃鲁托斯"也可以同样感动幽灵，正像"凯撒"一样。凭着一切天神的名字，我们这位凯撒究竟吃些什么美食，才会长得这样伟大？可耻的时代！罗马啊，你的高贵的血统已经中断了！自从洪水以后，什么时代你不曾产生比一个更多的著名人物？直到现在为止，什么时候人们谈起罗马，能够说，她的广大的城墙之内，只是一个人的世界？要是罗马给一个人独占了去，那么它真的变成无人之境了。啊！你我都曾听见我们的父老说过，从前罗马有一个勃鲁托斯，不愿让他的国家被一个君主所统治，正像他不愿让它被永劫的恶魔统治一样。

勃鲁托斯　我一点不怀疑您对我的诚意；我也有点明白您打算鼓动我去干什么事；我对于这件事的意见，以及对于目前这一种局面所取的态度，以后可以告诉您知道，可是现在却不愿作进一步的表示或行动，请您也不必向我多说。您已经说过的话，我愿意仔细考虑；您还有些什么话要对我说的，我也愿意耐心静听，等有了适当的机会，我一定洗耳

裘力斯·凯撒

以待，畅聆您的高论，并且还要把我的意思向您提出。在那个时候没有到来以前，我的好友，请您记住这一句话：勃鲁托斯宁愿做一个乡野的贱民，不愿在这种将要加到我们身上来的难堪的重压之下自命为罗马的儿子。

凯歇斯　我很高兴我的微弱的言辞已经在勃鲁托斯的心中激起了这一点点火花。

勃鲁托斯　竞赛已经完毕，凯撒就要回来了。

凯歇斯　当他们经过的时候，您去拉一拉凯斯卡的衣袖，他就会用他那种尖酸刻薄的口气，把今天值得注意的事情告诉您。

　　　　　　凯撒及随从诸人重上。

勃鲁托斯　很好。可是瞧，凯歇斯，凯撒的额角上闪动着怒火，跟在他后面的那些人一个个垂头丧气，好像挨了一顿骂似的：凯尔弗妮娅面颊惨白；西塞罗的眼睛里充满着懊丧愤恨的神色，就像我们看见他在议会里遭到什么元老的驳斥的时候一样。

凯歇斯　凯斯卡会告诉我们为了什么事。

凯撒　安东尼！

安东尼　凯撒。

凯撒　我要那些身体长得胖胖的、头发梳得光光的、夜里睡得好好的人在我的左右。那个凯歇斯有一张消瘦憔悴的脸；他用心思太多；这种人是危险的。

安东尼　别怕他，凯撒，他没有什么危险；他是一个高贵的罗马人，有很好的天赋。

凯撒　我希望他再胖一点！可是我不怕他；不过要是我的名字可以和恐惧连在一起的话，那么我不知道还有谁比那个瘦瘦的凯歇斯更应该避得远远的了。他读过许多书；他的眼光很厉害，能够窥测他人的行动；他不像你，安东尼，那样喜欢游戏；他从来不听音乐；他不大露笑容，笑起来的时候，那神气之间，好像在讥笑他自己竟会被一些琐屑的事情所引笑。像他这种人，要是看见有人高过他们，心里就会觉得不舒服，所以他们是很危险的。我现在不过告诉你哪一种人是可怕的，并不是说我惧怕他们，因为我永远是凯撒。跑到我的右边来，因为这一只耳朵是聋的；实实在在告诉我你觉得他这个人怎么样。（吹号；凯撒及随从诸人下，凯斯卡留后。）

凯斯卡　您拉我的外套；要跟我说话吗？

勃鲁托斯　是的，凯斯卡；告诉我们为什么今天凯撒的脸上显出心事重重的样子。

凯斯卡　怎么，您不是也跟他在一起吗？

勃鲁托斯　要是我跟他在一起，那么我也用不着问凯斯卡了。

凯斯卡　嘿，有人把一顶王冠献给他；他用他的手背这么一摆拒绝了；于是民众欢呼起来。

勃鲁托斯　第二次的喧哗又为着什么？

凯斯卡　嘿，也是为了那件事。

凯歇斯　他们一共欢呼了三次；最后一次的呼声是为着什么？

凯斯卡　嘿，也是为了那件事。

勃鲁托斯　他们把王冠献给他三次吗？

凯斯卡　嗯，是的，他三次拒绝了，每一次都比前一次更客气；他拒绝了一次，我身旁那些好心肠的人便欢呼起来。

凯歇斯　谁把王冠献给他的？

凯斯卡 嘿，安东尼。

勃鲁托斯 把他献冠的情形告诉我们，好凯斯卡。

凯斯卡 要我把那情形讲出来，还不如把我吊死了吧。那全然是一幕滑稽丑剧；我瞧也不去瞧它。我看见玛克·安东尼献给他一顶王冠；其实那也不是什么王冠，不过是一顶普通的冠；我已经对您说过，他第一次把它拒绝了；可是虽然拒绝，我觉得他心里却巴不得把它拿了过来。于是他再把它献给他；他又把它拒绝了；可是我觉得他的手指头却恋恋不舍地不愿意离开它。于是他又第三次把它献上去；他第三次把它拒绝了；当他拒绝的时候，那些乌合之众便高声欢呼，拍着他们粗糙的手掌，抛掷他们汗臭的睡帽，把他们令人作呕的气息散满在空气之中，因为凯撒拒绝了王冠，结果几乎把凯撒都熏死了；他一闻到这气息，便晕了过去倒在地上。我那时候瞧着这光景，虽然觉得好笑，可是竭力抿住我的嘴唇，不让它笑出来，生怕把这种恶浊的空气吸进去。

凯歇斯 可是且慢；您说凯撒晕了过去吗？

凯斯卡 他在市场上倒了下来，嘴边冒着白沫，话都说不出来。

勃鲁托斯 这是很可能的；他素来就有这种倒下去的毛病。

凯歇斯 不，凯撒没有这种病；您、我，还有正直的凯斯卡，我们才害着这种倒下去的病。

凯斯卡 我不知道您这句话是什么意思；可是我可以确定凯撒是倒了下去。那些下流的群众有的拍手，有的发出嘘嘘的声音，就像在戏院里一样；要是我编造了一句谣言，我就是个骗人的混蛋。

勃鲁托斯　他清醒过来以后说些什么？

凯斯卡　嘿，他在没有倒下以前，看见群众因为他拒绝了王冠而欢欣，就要我解开他的衬衣，露出他的咽喉来请他们宰割。倘然我是一个干活儿做买卖的人，我一定会听从他的话，否则让我跟那些恶人们一起下地狱去，于是他就倒下去了。等到他一醒过来，他就说，要是他做错了什么事，说错了什么话，他要请他们各位原谅他是一个有病的人。在我站立的地方，有三四个姑娘喊着说，"唉，好人儿！"从心底里原谅了他；可是不必注意她们，要是凯撒刺死了她们的母亲，她们也会同样原谅他的。

勃鲁托斯　后来他就这样满怀着心事走了吗？

凯斯卡　嗯。

凯歇斯　西塞罗说了些什么？

凯斯卡　嗯，他说的是希腊话。

凯歇斯　怎么说的？

凯斯卡　嗳哟，要是我把那些话告诉了您，那我以后再也不好意思看见您啦；可是那些听得懂他话的人都互相瞧着笑笑，摇摇他们的头；至于讲到我自己，那我可一点儿都不懂。我还可以告诉你们其他的新闻；马鲁勒斯和弗莱维斯因为扯去了凯撒像上的彩带，已经被剥夺了发言的权利。再会。滑稽丑剧还多着呢，可惜我记不起来啦。

凯歇斯　凯斯卡，您今天晚上愿意陪我吃晚饭吗？

凯斯卡　不，我已经跟人家有了约会了。

凯歇斯　明天陪我吃午饭好不好？

凯斯卡　嗯，要是我明天还活着，要是您的心思没有改变，要是您的午饭值得一吃，那么我是会来的。

凯歇斯 好；我等着您。

凯斯卡 好。再见，两位。（下。）

勃鲁托斯 这家伙越来越乖僻了！他在求学的时候，却是很伶俐的。

凯歇斯 他现在虽然装出这一副迟钝的形状，可是干起勇敢壮烈的事业来，却不会落人之后。他的乖僻对于他的智慧是一种调味品，使人们在咀嚼他的言语的时候，可以感到一种深长的滋味。

勃鲁托斯 正是。现在我要暂时失陪了。明天您要是愿意跟我谈谈的话，我可以到您府上来看您；或者要是您愿意，就请您到我家里来也好，我一定等着您。

凯歇斯 好，我明天一定来拜访。再会；同时，不要忘了周围的世界。（勃鲁托斯下）好，勃鲁托斯，你是个仁人义士；可是我知道你的高贵的天性却可以被人诱入歧途；所以正直的人必须和正直的人为伍，因为谁是那样刚强，能够不受诱惑呢？凯撒对我很不好；可是他很喜欢勃鲁托斯；倘然现在我是勃鲁托斯，他是凯歇斯，他就打不动我的心。今天晚上我要摹仿几个人的不同的笔迹，写几封匿名信丢进他的窗里，假装那是好几个市民写给他的，里面所说的话，都是指出罗马人对于他抱着多大的信仰，同时隐隐约约地暗示着凯撒的野心。我这样布置好了以后，让凯撒坐得安稳一些吧，因为我们倘不能把他摇落下来，就要忍受更黑暗的命运了。（下。）

第三场 同前。街道

雷电交作；凯斯卡拔剑上，西塞罗自相对方向上。

西塞罗 晚安，凯斯卡；您送凯撒回去了吗？您为什么气都喘不过来？为什么把眼睛睁得这样大？

凯斯卡 您看见一切地上的权力战栗得像一件摇摇欲坠的东西，不觉得有动于心吗？啊，西塞罗！我曾经看见过咆哮的狂风劈碎多节的橡树；我曾经看见过野心的海洋奔腾澎湃，把浪沫喷涌到阴郁的黑云之上；可是我从来没有经历过像今晚这样一场从天上掉下火块来的狂风暴雨。倘不是天上起了纷争，一定因为世人的侮慢激怒了神明，使他们决心把这世界毁灭。

西塞罗 啊，您还看见什么奇怪的事情吗？

凯斯卡 一个卑贱的奴隶举起他的左手，那手上燃烧着二十个火炬合起来似的烈焰，可是他一点不觉得灼痛，他的手上没有一点火烙过的痕迹。在圣殿之前，我又遇见一头狮子，它睨视着我，生气似的走了过去，却没有跟我为难；到现在我都没有收起我的剑。一百个面无人色的女人吓得缩成一团，她们发誓说她们看见浑身发着火焰的男子在街道上来来去去。昨天正午的时候，夜枭栖在市场上，发出凄厉的鸣声。这种种怪兆同时出现，谁都不能说，"这些都是不足为奇的自然的现象"；我相信它们都是上天的示意，预兆着将有什么重大的变故到来。

西塞罗 是的，这是一个变异的时世；可是人们可以照着自己的意思解释一切事物的原因，实际却和这些事物本身的目的完全相反。凯撒明天到圣殿去吗？

凯斯卡　去的；他曾经叫安东尼传信告诉您他明天要到那边去。

西塞罗　那么晚安，凯斯卡；这样坏的天气，还是待在家里好。

凯斯卡　再会，西塞罗。（西塞罗下。）

　　　　　凯歇斯上。

凯歇斯　那边是谁？

凯斯卡　一个罗马人。

凯歇斯　听您的声音像是凯斯卡。

凯斯卡　您的耳朵很好。凯歇斯，这是一个多么可怕的晚上！

凯歇斯　对于居心正直的人，这是一个很可爱的晚上。

凯斯卡　谁见过这样吓人的天气？

凯歇斯　地上有这么多的罪恶，天上自然有这么多的灾异。讲到我自己，那么我刚才就在这样危险的夜里在街上跑来跑去，像这样松开了钮扣，袒露着我的胸膛去迎接雷霆的怒击；当那青色的交叉的电光似乎把天空当胸劈裂的时候，我就挺着我自己的身体去领受神火的威力。

凯斯卡　可是您为什么要这样冒渎天威呢？当威灵显赫的天神们用这种可怕的天象惊骇我们的时候，人们是应该战栗畏惧的。

凯歇斯　凯斯卡，您太冥顽了，您缺少一个罗马人所应该有的生命的热力，否则您就是把它藏起来不用。您看见上天发怒，就吓得面无人色，呆若木鸡；可是您要是想到究竟为什么天上会掉下火来，为什么有这些鬼魂来来去去，为什么鸟兽都改变了常性，为什么老翁、愚人和婴孩都会变得工于心计起来，为什么一切都脱离了常道，发生那样妖妄怪异的现象，啊，您要是思索到这一切的真正的原因，您就会明白这是上天假手于它们，警告人们预防着将要到来的一种非常的巨变。凯斯卡，我现在可以向您提起一个人的名字，他就像这个可怕的夜一样，能够叱咤雷电，震裂坟墓，像圣殿前的狮子一样怒吼，他在个人的行动上并不比你我更强，可是他的势力已经扶摇直上，变得像这些异兆一样可怕了。

凯斯卡 您说的是凯撒，是不是，凯歇斯？

凯歇斯 不管他是谁。罗马人现在有的是跟他们的祖先同样的筋骨手脚；可是唉！我们祖先的精神却已经死去，我们是被我们母亲的灵魂所统治着，我们的束缚和痛苦显出我们缺少男子的气概。

凯斯卡 不错，他们说元老们明天预备立凯撒为王；他可以君临海上和陆上的每一处地方，可是我们不能让他在这儿意大利称王。

凯歇斯 那么我知道我的刀子应当用在什么地方了；凯歇斯将要从奴隶的羁缚之下把凯歇斯解放出来。就在这种地方，神啊，你们使弱者变成最强壮的；就在这种地方，神啊，你们把暴君击败。无论铜墙石塔、密不透风的牢狱或是坚不可摧的锁链，都不能拘囚坚强的心灵；生命在厌倦于这些尘世的束缚以后，决不会缺少解脱它自身的力量。要是我知道我也肩负着一部分暴力的压迫，我就可以立刻挣脱这一种压力。（雷声继续。）

凯斯卡 我也能够；每一个被束缚的奴隶都可以凭着他自己的手挣脱他的锁链。

裘力斯·凯撒

凯歇斯 那么为什么要让凯撒做一个暴君呢？可怜的人！我知道他只是因为看见罗马人都是绵羊，所以才做一头狼；罗马人倘不是一群鹿，他就不会成为一头狮子。谁要是急于生起一场旺火来，必须先用柔弱的草秆点燃；罗马是一些什么不中用的糠屑草料，要去点亮像凯撒这样一个卑劣庸碌的人物！可是唉，糟了！你引得我说出些什么话来啦？也许我是在一个甘心做奴隶的人的面前讲这种话，那么我知道我必须因此而受祸；可是我已经准备好了，一切危险我都不以为意。

凯斯卡 您在对凯斯卡讲话，他并不是一个摇唇弄舌、泄漏秘密的人。握着我的手；只要允许我跟您合作推翻暴力的压制，我愿意赴汤蹈火，踊跃前驱。

凯歇斯 那么很好，我们一言为定。现在我要告诉你，凯斯卡，我已经联络了几个勇敢的罗马义士，叫他们跟我去干一件轰轰烈烈的冒险事业，我知道他们现在一定在庞贝走廊下等我；因为在这样可怕的夜里，街上是不能行走的；天色是那么充满了杀机和愤怒，正像我们所要干的事情一样。

凯斯卡 暂避一避，什么人急忙忙地来了。

凯歇斯 那是西那；我从他走路的姿势上认得出来。他也是我们的同志。

　　　　西那上。

凯歇斯 西那，您这样忙到哪儿去？

西那 特为找您来的。那位是谁？麦泰勒斯·辛伯吗？

凯歇斯 不，这是凯斯卡；他也是参与我们的计划的。他们在等着我吗，西那？

西那　那很好。真是一个可怕的晚上！我们中间有两三个人看见过怪事哩。

凯歇斯　他们在等着我吗？回答我。

西那　是的，在等着您。啊，凯歇斯！只要您能够劝高贵的勃鲁托斯加入我们的一党——

凯歇斯　您放心吧。好西那，把这封信拿去放在市长的坐椅上，也许它会被勃鲁托斯看见；这一封信拿去丢在他的窗户里；这一封信用蜡胶在老勃鲁托斯的铜像上；这些事情办好以后，就到庞贝走廊去，我们都在那儿。狄歇斯·勃鲁托斯和特莱包涅斯都到了没有？

西那　除了麦泰勒斯·辛伯以外，都到齐了；他是到您家里去找您的。好，我马上就去，照您的吩咐把这几封信放好。

凯歇斯　放好了以后，就到庞贝剧场来。（西那下）来，凯斯卡，我们两人在天明以前，还要到勃鲁托斯家里去看他一次。他已经有四分之三属于我们，只要再跟他谈谈，他就可以完全加入我们这一边了。

凯斯卡　啊！他是众望所归的人；在我们似乎是罪恶的事情，有了他便可以像幻术一样变成正大光明的义举。

凯歇斯　您对于他、他的才德和我们对他的极大的需要，都看得很明白。我们去吧，现在已经过了半夜了；天明以前，我们必须把他叫醒，探探他的决心究竟如何。（同下。）

第二幕

第一场　罗马。勃鲁托斯的花园

勃鲁托斯上。

勃鲁托斯　喂，路歇斯！喂！我不能凭着星辰的运行，猜测现在离天亮还有多少时间。路歇斯，喂！我希望我也睡得像他一样熟。喂，路歇斯，你什么时候才会醒来？醒醒吧！喂，路歇斯！

路歇斯上。

路歇斯　您叫我吗，主人？

勃鲁托斯　替我到书斋里拿一支蜡烛，路歇斯；把它点亮了到这儿来叫我。

路歇斯　是，主人。（下。）

勃鲁托斯　只有叫他死这一个办法；我自己对他并没有私怨，只是为了大众的利益。他将要戴上王冠；那会不会改变他的性格是一个问题；蝮蛇是在光天化日之下出现的，所以步行的人必须刻刻提防。让他戴上王冠？——不！那等于我们把一个毒刺给了他，使他可以随意加害于人。把不忍之心和威权分开，那威权就会被人误用；讲到凯撒这个人，说一句公平话，我还不曾知道他什么时候曾经一味感情用事，不受理智的支配。可是微贱往往是初期野心的阶梯，凭借着它一步步爬上了高处；当他一旦登上了最高的一级之后，他便不再回顾那梯子，他的眼光仰望着云霄，瞧不起他从前所恃为凭借的低下的阶段。凯撒何尝不会这样？所以，为了怕他有这一天，必须早一点防备。既然我们反对他的理由，不是因为他现在有什么可以指责的地方，所以就得这样说：照他现在的地位要是再扩大些权力，一定会引起这样这样的后患；我们应当把他当作一颗蛇蛋，与其让他孵出以后害人，不如趁他还在壳里的时候就把他杀死。

　　　　路歇斯重上。

路歇斯　主人，蜡烛已经点在您的书斋里了。我在窗口找寻打火石的时候，发现了这封信；我明明记得我去睡觉的时候，并没有什么信放在那儿。

勃鲁托斯　你再去睡吧；天还没有亮哩。孩子，明天不是三月十五吗？

路歇斯　我不知道，主人。

勃鲁托斯　看看日历，回来告诉我。

路歇斯　是，主人。（下。）

裘力斯·凯撒

勃鲁托斯　天上一闪一闪的电光，亮得可以使我读出信上的字来。（拆信）"勃鲁托斯，你在睡觉；醒来瞧瞧你自己吧。难道罗马将要——说话呀，攻击呀，拯救呀！勃鲁托斯，你睡着了；醒来吧！"他们常常把这种煽动的信丢在我的屋子附近。"难道罗马将要——"我必须替它把意思补足：难道罗马将要处于独夫的严威之下？什么，罗马？当塔昆称王的时候，我们的祖先曾经把他从罗马的街道上赶走。"说话呀，攻击呀，拯救呀！"他们请求我仗义执言，挥戈除暴吗？罗马啊！我允许你，勃鲁托斯一定会全力把你拯救！

　　　　　　　路歇斯重上。

路歇斯　主人，三月已经有十四天过去了。（内叩门声。）

勃鲁托斯　很好。到门口瞧瞧去；有人打门。（路歇斯下）自从凯歇斯鼓动我反对凯撒那一天起，我一直没有睡过。在计划一件危险的行动和开始行动之间的一段时间里，一个人就好像置身于一场可怖的噩梦之中，遍历种种的幻象；他的精神和身体上的各部分正在彼此磋商；整个的身心像一个小小的国家，临到了叛变突发的前夕。

　　　　　　　路歇斯重上。

路歇斯　主人，您的兄弟凯歇斯在门口，他要求见您。

勃鲁托斯　他一个人来吗？

路歇斯　不，主人，还有些人跟他在一起。

勃鲁托斯　你认识他们吗？

路歇斯　不，主人；他们的帽子都拉到耳边，他们的脸一半裹在外套里面，我不能从他们的外貌上认出他们来。

勃鲁托斯　请他们进来。（路歇斯下）他们就是那一伙党徒。阴谋啊！你在百鬼横行的夜里，还觉得不好意思显露你的险恶的容貌吗？啊！那么你在白天什么地方可以找到一处幽暗的巢窟，遮掩你的奇丑的脸相呢？不要找寻吧，阴谋，还是把它隐藏在和颜悦色的后面；因为要是您用本来面目招摇过市，即使幽冥的地府也不能把你遮掩过人家的眼睛的。

    凯歇斯、凯斯卡、狄歇斯、西那、麦泰勒斯·辛伯及特莱包涅斯等诸党徒同上。

凯歇斯　我想我们未免太冒昧了，打搅了您的安息。早安，勃鲁托斯；我们惊吵您了吧？

勃鲁托斯　我整夜没有睡觉，早就起来了。跟您同来的这些人，我都认识吗？

凯歇斯　是的，每一个人您都认识；这儿没有一个人不敬重您；谁都希望您能够看重您自己就像每一个高贵的罗马人看重您一样。这是特莱包涅斯。

勃鲁托斯　欢迎他到这儿来。

凯歇斯　这是狄歇斯·勃鲁托斯。

勃鲁托斯　我也同样欢迎他。

凯歇斯　这是凯斯卡；这是西那；这是麦泰勒斯·辛伯。

勃鲁托斯　我都同样欢迎他们。可是各位为了什么烦心的事情，在这样的深夜不去睡觉？

凯歇斯　我可以跟您说句话吗？（勃鲁托斯、凯歇斯二人耳语。）

狄歇斯　这儿是东方；天不是从这儿亮起来的吗？

凯斯卡　不。

西那　啊！对不起，先生，它是从这儿亮起来的；那边镶嵌在云中的灰白色的条纹，便是预报天明的使者。

凯斯卡　你们将要承认你们两人都弄错了。这儿我用剑指着的所在，就是太阳升起的地方；在这样初春的季节，它正在南方逐渐增加它的热力；再过两个月，它就要更高地向北方升起，吐射它的烈焰了。这儿才是正东，也就是圣殿所在的地方。

勃鲁托斯　再让我一个一个握你们的手。

凯歇斯　让我们宣誓表示我们的决心。

勃鲁托斯　不，不要发誓。要是人们的神色、我们心灵上的苦难和这时代的腐恶算不得有力的动机，那么还是早些散了伙，各人回去高枕而卧吧；让凌越一切的暴力肆意横行，每一个人等候着命运替他安排好的死期吧。可是我相信我们眼前这些人心里都有着可以使懦夫奋起的蓬勃的怒焰，都有着可以使柔弱的妇女变为钢铁的坚强的勇气，那么，各位同胞，我们只要凭着我们自己堂皇正大的理由，便可以激励我们改造这当前的局面，何必还要什么其他的鞭策呢？我们都是守口如瓶、言而有信的罗马人，何必还要什么其他的约束呢？我们彼此赤诚相示，倘然不能达到目的，宁愿以身为殉，何必还要什么其他的盟誓呢？祭司们、懦夫们、奸诈的小人、老朽的陈尸腐肉和这一类自甘沉沦的不幸的人们才有发誓的需要；他们为了不正当的理由，恐怕不能见信于人，所以不得不用誓言来替他们圆谎；可是不要以为我们的宗旨或是我们的行动是需要盟誓的，因为那无异污蔑了我们堂堂正正的义举和我们不可压抑的精神；作为一个罗马人，要是对于他已经出口的诺言略微有一点违背之处，那么他身上光荣地载着的每一滴血，就都要蒙上数重的耻辱。

凯歇斯 可是西塞罗呢？我们要不要探探他的意向？我想他一定会跟我们全力合作的。

凯斯卡 让我们不要把他遗漏了。

西那 是的，我们不要把他遗漏了。

麦泰勒斯 啊！让我们招他参加我们的阵线；因为他的白发可以替我们赢得好感，使世人对我们的行动表示同情。人家一定会说他的见识支配着我们的胳臂；我们的少年孟浪可以不致于被世人所发现，因为一切都埋葬在他的老成练达的阅历之下了。

勃鲁托斯 啊！不要提起他；让我们不要对他说起，因为他是决不愿跟在后面去干别人所发起的事情的。

凯歇斯 那就不要叫他参加。

凯斯卡 他的确不大适宜。

狄歇斯 除了凯撒以外，别的人一个也不要碰吗？

凯歇斯 狄歇斯，你问得很好。我想玛克·安东尼这样被凯撒宠爱，我们不应该让他在凯撒死后继续留在世上。他是一个诡计多端的人；你们知道要是他利用他现在的力量，很可以给我们极大的阻梗；为了避免那样的可能起见，让安东尼跟凯撒一起丧命吧。

勃鲁托斯 卡厄斯·凯歇斯，我们割下了头，再去切断肢体，不但泄愤于生前，并且迁怒于死后，那瞧上去未免太残忍了；因为安东尼不过是凯撒的一只胳臂。让我们做献祭的人，不要做屠夫，卡尼斯。我们一致奋起反对凯撒的精神，我们的目的并不是要他流血；啊！要是我们能够直接战胜凯撒的精神，我们就可以不必戕害他的身体。可是唉！凯撒必须因此而流血。所以，善良的朋友们，让我们勇敢地，却不是残暴地，把他杀死；让我们把他当作一盘祭神的牺牲而宰割，不要把他当作一具饲犬的腐尸而脔切；让我们的心像聪明的主人一样，在鼓动他们的仆人去行暴以后，再在表面上装作责备他们的神气。这样可以昭示世人，使他们知道我们采取如此步骤，只是迫不得已，并不是出于私心的嫉恨；在世人的眼中，我们将被认为恶势力的清扫者，而不是杀人的凶手。至于玛克·安东尼，我们尽可不必把他放在心上，因为凯撒的头要是落了地，他这条凯撒的胳臂是无能为力的。

凯歇斯　可是我怕他，因为他对凯撒有很深切的感情——

勃鲁托斯　唉！好凯歇斯，不要想到他。要是他爱凯撒，他所能做的事情不过是忧思哀悼，用一死报答凯撒；可是那未必是他所做得到的，因为他是一个喜欢游乐、放荡、交际和饮宴的人。

特莱包涅斯　不用担心他这个人；让他保全了性命吧。等到事过境迁，他会把这种事情付之一笑的。（钟鸣）

勃鲁托斯　静！听钟声敲几下。

凯歇斯　敲了三下。

特莱包涅斯　是应该分手的时候了。

凯歇斯　可是凯撒今天会不会出来，还是一个问题；因为他近来变得很迷信，完全改变了从前对怪异梦兆这一类事情的见解。这种明显的预兆、这晚上空前恐怖的天象以及他的卜者的劝告，也许会阻止他今天到圣殿里去。

狄歇斯　不用担心，要是他决定不出来，我可以叫他改变他的决心；因为他喜欢听人家说犀牛见欺于树木，熊见欺于镜子，象见欺于土穴，狮子见欺于罗网，人类见欺于谄媚；可是当我告诉他他憎恶谄媚之徒的时候，他就会欣然首肯，不知道他已经中了我深入痒处的谄媚了。让我试一试我的手段；我可以看准他的脾气下手，哄他到圣殿里去。

凯歇斯　我们大家都要到那边去迎接他。

勃鲁托斯　最迟要在八点钟到齐，是不是？

西那　最迟八点钟大家不可有误。

麦泰勒斯　卡厄斯·里加律斯对凯撒也很怀恨，因为他说了庞贝的好话，受到凯撒的斥责；你们怎么没有人想到他。

勃鲁托斯　啊，好麦泰勒斯，带他一起来吧；他对我感情很好，我也有恩于他；叫他到我这儿来，我可以劝他跟我们合作。

凯歇斯　天正在亮起来了；我们现在要离开您，勃鲁托斯。朋友们，各人散开；可是大家记住你们说过的话，显一显你们是真正的罗马人。

勃鲁托斯　各位好朋友们，大家脸色放高兴一些；不要让我们的脸上堆起我们的心事；应当像罗马的伶人一样，用不倦的精神和坚定的仪表肩负我们的重任。祝你们各位早安。（除勃鲁托斯外均下）孩子！路歇斯！睡熟了吗？很好，享受你的甜蜜而沉重的睡眠的甘露吧；你没有那些充满着烦忧的人们脑中的种种幻象，所以你会睡得这样安稳。

　　　鲍西娅上。

鲍西娅 勃鲁托斯，我的主！

勃鲁托斯 鲍西娅，你来做什么？为什么你现在就起来？你这样娇弱的身体，是受不住清晨的寒风的。

鲍西娅 那对于您的身体也是同样不适宜的。您也太狠心了，勃鲁托斯，偷偷地从我的床上溜了出来。昨天晚上吃饭的时候，您也是突然立起身来，在屋子里跑来跑去，交叉着两臂，边想心事边叹气；当我问您为了什么事的时候，您用凶狠的眼光瞪着我；我再向您追问，您就搔您的头，非常暴躁地顿您的脚；可是我仍旧问下去，您还是不回答我，只是怒气冲冲地向我挥手，叫我走开。我因为您在盛怒之中，不愿格外触动您的烦恼，所以就遵从您的意思走开了，心里在希望这不过是您一时心境恶劣，人是谁都免不了有心里不痛快的时候的。它不让您吃饭、说话或是睡觉，要是它能够改变您的形体，就像它改变您的脾气一样，那么勃鲁托斯，我就要完全不认识您了。我的亲爱的主，让我知道您的忧虑的原因吧。

勃鲁托斯 我因为身体不舒服，所以有点烦躁。

鲍西娅 勃鲁托斯是个聪明人，要是他身体不舒服，他一定会知道怎样才可以得到健康。

勃鲁托斯 对了。好鲍西娅，去睡吧。

鲍西娅 勃鲁托斯要是有病，他应该松开了衣带，在多露的清晨步行，呼吸那种潮湿的空气吗？什么！勃鲁托斯害了病，他还要偷偷地从温暖的眠床上溜了出去，向那恶毒的夜气挑战，使他自己病上加病吗？不，我的勃鲁托斯，您害的是心里的病，凭着我的地位和权利，您应该让我知道。我现在向您跪下，凭着我的曾经受人赞美的美貌，凭着您的一切爱情的誓言，以及那使我们两人结为一体的伟大的盟约，我请求您告诉我，您的自身，您的一半，为什么您这样郁郁不乐，今天晚上有什么人来看过您；因为我知道这儿曾经来过六七个人，他们在黑暗之中还是不敢露出他们的脸来。

勃鲁托斯　不要跪，温柔的鲍西娅。

鲍西娅　假如您是温柔的勃鲁托斯，我就用不着下跪。在我们夫妇的名分之内，告诉我，勃鲁托斯，难道我是不应该知道您的秘密的吗？我虽然是您自身的一部分，可是那只是有限制的一部分，除了陪着您吃饭，在枕席上安慰安慰您，有时候跟您谈谈话以外，没有别的任务了吗？难道您只要我跟着您的好恶打转吗？假如不过是这样，那么鲍西娅只是勃鲁托斯的娼妓，不是他的妻子了。

勃鲁托斯　你是我的忠贞的妻子，正像滋润我悲哀的心的鲜红血液一样宝贵。

鲍西娅　这句话倘然是真的，那么我就应该知道您的心事。我承认我只是一个女流之辈，可是我却是勃鲁托斯娶为妻子的一个女人；我承认我只是一个女流之辈，可是我却是凯图的女儿，不是一个碌碌无名的女人。您以为我有了这样的父亲和丈夫，还是跟一般女人同样不中用吗？把您的心事告诉我，我一定不向人泄漏。我为了保证对你的坚贞，曾经自愿把我的贞操献给了你；难道我能够忍耐那样的痛苦，却不能保守我丈夫的秘密吗？

勃鲁托斯　神啊！保佑我不要辜负了这样一位高贵的妻子。（自叩门声）听，听！有人在打门，鲍西娅，你先暂时进去；等会儿你就可以知道我的心底的秘密。我要向你解释我的全部的计划，以及藏在我的脑中的一切思想。赶快进去。（鲍西娅下）路歇斯，谁在打门？

　　　　　　路歇斯率里加律斯重上。

路歇斯　这儿是一个病人，要跟您说话。

勃鲁托斯　卡厄斯·里加律斯，刚才麦泰勒斯向我提起过的。孩子，站在一旁。卡厄斯·里加律斯！怎么？

里加律斯　请您允许我这病弱的舌头向您吐出一声早安。

勃鲁托斯　啊！勇敢的卡厄斯，您怎么在这样早的时间扶病而起？要是您没有病那才好。

里加律斯　要是勃鲁托斯有什么无愧于荣誉的事情要吩咐我去做，那么我是没有病的。

勃鲁托斯　要是您有一双健康的耳朵可以听我诉说，里加律斯，那么我手头正有这样的一件事情。

里加律斯　凭着罗马人所崇拜的一切神明，我现在抛弃了我的疾病。罗马的灵魂！光荣的祖先所生的英勇的子孙！您像一个驱策鬼神的术士一样，已经把我奄奄一息的精神呼唤回来了。现在您只要叫我为您奔走，我就会冒着一切的危险迈进，克服一切前途的困难。您要我做什么事？

勃鲁托斯　我要叫您干一件可以使病人痊愈的事。

里加律斯　可是我们不是要叫有些不害病的人不舒服吗？

勃鲁托斯　是的，我们也要叫有些不害病的人不舒服。我的卡厄斯，我们现在就要到我们预备下手的地方去，一路上我可以告诉你那是件什么工作。

里加律斯　请您举步先行，我用一颗新燃的心跟随您，去干一件我还没有知道的事情；在勃鲁托斯的领导之下，一定不会有错。

勃鲁托斯　那么跟我来。（同下。）

第二场　同前。凯撒家中

雷电交作；凯撒披寝衣上。

凯撒　今晚天地都不得安宁。凯尔弗妮娅在睡梦之中三次高声叫喊，说"救命！他们杀了凯撒啦！"里面有人吗？

一仆人上。

仆人　主人有什么吩咐？

凯撒　你去叫那些祭司们到神前献祭，问问他们我的吉凶休咎。

仆人　是，主人。（下。）

凯尔弗妮娅上。

凯尔弗妮娅　凯撒，您要做什么？您想出去吗？今天可不能让您走出这屋子。

凯撒　凯撒一定要出去。恐吓我的东西只敢在我背后装腔作势；它们一看见凯撒的脸，就会销声匿迹。

凯尔弗妮娅　凯撒，我从来不讲究什么禁忌，可是现在却有些惴惴不安。里边有一个人，他除了我们所听到看到的一切之外，还讲给我听巡夜的人所看见的许多可怕的异象。一头母狮在街道上生产；坟墓裂开了口，放鬼魂出来；凶猛的骑士在云端里列队交战，他们的血洒到了圣庙的屋上；战斗的声音在空中震响，人们听见马的嘶鸣、濒死者的呻吟，还有在街道上悲号的鬼魂。凯撒啊！这些事情都是从来不曾有过的，我害怕得很哩。

凯撒 天意注定的事，难道是人力所能逃避的吗？凯撒一定要出去；因为这些预兆不是给凯撒一个人看，而是给所有的世人看的。

凯尔弗妮娅 乞丐死了的时候，天上不会有彗星出现；君王们的凋殒才会上感天象。

凯撒 懦夫在未死以前，就已经死过好多次；勇士一生只死一次。在我所听到过的一切怪事之中，人们的贪生怕死是一件最奇怪的事情，因为死本来是一个人免不了的结局，它要来的时候谁也不能叫它不来。

　　　　　　仆人重上。

凯撒 卜者们怎么说？

仆人 他们叫您今天不要出外走动。他们剖开一头献祭的牲畜的肚子，预备掏出它的内脏来，不料找来找去找不到它的心。

凯撒 神明显示这样的奇迹，是要叫懦怯的人知道惭愧；凯撒要是今天为了恐惧而躲在家里，他就是一头没有心的牲畜。不，凯撒决不躲在家里。凯撒是比危险更危险的，我们是两头同日产生的雄狮，我却比它更大更凶。凯撒一定要出去。

凯尔弗妮娅 唉！我的主，您的智慧被自信泪没了。今天不要出去；就算是我的恐惧把您留在家里的吧，这不能说是您自己胆小。我们可以叫玛克·安东尼到元老院去，叫他对他们说您今天身体不大舒服。让我跪在地上，求求您答应了我吧。

凯撒 那么就叫玛克·安东尼去说我今天不大舒服；为了不忍拂你的意思，我就待在家里吧。

　　　　狄歇斯上。

凯撒 狄歇斯·勃鲁托斯来了，他可以去替我告诉他们。

狄歇斯 凯撒，万福！祝您早安，尊贵的凯撒；我来接您到元老院去。

凯撒 你来得正好，请你替我去向元老们致意，对他们说我今天不来了；不是不能来，更不是不敢来，我只是不高兴来；就对他们这么说吧，狄歇斯。

凯尔弗妮娅 你说他有病。

凯撒 凯撒是叫人去说谎的吗？难道我南征北战，攻下了这许多地方，却不敢对一班白须老头子们讲真话吗？狄歇斯，去告诉他们凯撒不高兴来。

狄歇斯 最伟大的凯撒，让我知道一些理由，否则我这样告诉了他们，会被他们嘲笑的。

凯撒 我不高兴去，这就是我的理由；你就这样去告诉元老们吧。可是为了我们私人间的感情，我愿意让你知道，我的妻子凯尔弗妮娅不放我出去。昨天晚上她梦见我的雕像仿佛一座有一百个喷水孔的水池，浑身流着鲜血；许多壮健的罗马人欢欢喜喜地都来把他们的手浸在血里。她以为这个梦是不祥之兆，所以跪着求我今天不要出去。

狄歇斯 这个梦完全解释错了；那明明是一个大吉大利之兆：您的雕像喷着鲜血，许多欢欢喜喜的罗马人把手浸在血里，这表示伟大的罗马将要从您的身上吸取复活的新血，许多

裘力斯·凯撒

有地位的人都要来向您要求分到一点余泽。这才是凯尔弗妮娅的梦的真正的意义。

凯撒　你这样解释得很好。

狄歇斯　我还有一些话要告诉您，您听了以后，就会知道我解释得一点不错。元老院已经决定要在今天替伟大的凯撒加冕；要是您叫人去对他们说您今天不去，他们也许会变了卦。而且这种事情给人家传扬出去，很容易变成笑柄，人家会这样说，"等凯撒的妻子做过了好梦以后，再让元老院开会吧。"要是凯撒躲在家里，他们不会窃窃私语，说"瞧！凯撒在害怕呢"吗？恕我，凯撒，因为我对您的深切的关心，使我向您说了这样的话。

凯撒　你的恐惧现在瞧上去是多么傻气，凯尔弗妮娅！我刚才听了你的话，现在倒有些惭愧起来了。把我的袍子给我，我要去。

　　　　坡勃律斯、勃鲁托斯，里加律斯、麦泰勒斯、凯斯卡、特莱包涅斯及西那同上。

凯撒　瞧，坡勃律斯来迎接我了。

坡勃律斯　早安，凯撒。

凯撒　欢迎，坡勃律斯。啊！勃鲁托斯，你也这样早就出来了吗？早安，凯斯卡。卡厄斯·里加律斯，你的贵恙害得你这样消瘦，凯撒可没有这样欺侮过你哩。现在几点钟啦？

勃鲁托斯　凯撒，已经敲过八点了。

凯撒　谢谢你们的跋涉和好意。

　　　　安东尼上。

凯撒　瞧！通宵狂欢的安东尼也已经起身了。早安，安东尼。

安东尼　早安，最尊贵的凯撒。

凯撒　叫他们里面预备起来；我不该让他们久等。你好，西那；你好，麦泰勒斯；啊，特莱包涅斯！我有可以足足讲一个钟点的话预备跟你谈哩；记住今天你还要来看我一次；站得离开我近一些，免得我把你忘了。

特莱包涅斯　是，凯撒。（旁白）我要站得离开你这么近，让你的好朋友们将来怪我不站远一些呢。

凯撒　好朋友们，进去陪我喝口酒；喝过了酒，我们就像朋友一样，大家一块儿去。

勃鲁托斯　（旁白）唉，凯撒！人家的心可不跟您一样，我勃鲁托斯想到这一点不免有些惆怅。（同下。）

第三场　同前。圣殿附近的街道

阿特米多勒斯上，读信。

阿特米多勒斯　"凯撒，留心勃鲁托斯；注意凯歇斯；不要走近凯斯卡；看着西那；不要相信特莱包涅斯；仔细察看麦泰勒斯·辛伯；狄歇斯·勃鲁托斯不喜欢你；卡厄斯·里加律斯受过你的委屈。这些人只有一条心，那就是要推翻凯撒。要是你不是永生不死的，那么警戒你的四周吧；阴谋是会毁坏你的安全的。伟大的神明护佑你！爱你的人，阿特米多勒斯。"我要站在这儿，等候凯撒经过，像一个请愿的人似的，我要把这信交给他。我一想到德行逃不过争胜的利齿，就觉得万分伤心。要是你读了这封信，凯撒啊！也许你还可以活命；否则命运也变成叛徒的同谋者了。（下。）

第四场　同前。同一街道的另一部分，勃鲁托斯家门前

鲍西娅及路歇斯上。

鲍西娅　孩子，请你赶快跑到元老院去；不要停留在这儿回答我，快去，你为什么还不去？

路歇斯　我还不知道您要我去做什么事哩，太太。

鲍西娅　我要你到那边去，去了再回来，可是我说不出我要你去做什么事。啊，坚强的精神！不要离开我；替我在我的心和舌头之间堆起一座高山；我有一颗男子的心，却只有妇女的能力。叫一个女人保守一桩秘密是一件多大的难事！你还在这儿吗？

路歇斯　太太，您要我去做什么呢？就是跑到圣殿里去，没有别的事了吗？去了再回来，就是这样吗？

鲍西娅　是的，孩子，你回来告诉我，主人的脸色怎样，因为他出去的时候，好像不大舒服；你还要留心看着凯撒的行动，向他请愿的有些什么人。听，孩子！那是什么声音？

路歇斯　我听不见，太太。

鲍西娅　仔细听着。我好像听见一阵骚乱的声音，仿佛在吵架似的；那声音从风里传了过来，好像就在圣殿那边。

路歇斯　真的，太太，我什么都听不见。

　　　　　预言者上。

鲍西娅　过来，朋友；你从哪儿来？

预言者　从我自己的家里，好太太。

鲍西娅　现在几点钟啦？

预言者　大约九点钟了，太太。

鲍西娅　凯撒到圣殿里去了没有？

预言者　太太，还没有。我要去拣一处站立的地方，瞧他从街上经过到圣殿里去。

鲍西娅　你也要向凯撒提出什么请愿吗？

预言者　是的，太太。要是凯撒为了他自己的好处，愿意听我的话，我要请求他照顾照顾他自己。

鲍西娅　怎么，你知道有人要谋害他吗？

预言者　我不知道有什么人要谋害他，可是我怕有许多人要谋害他。再会。这儿街道很狭，那些跟在凯撒背后的元老们、官吏们，还有请愿的民众们，一定拥挤得很；像我这样瘦弱的人，怕要给他们挤死。我要去找一处空旷一些的地方，等伟大的凯撒走过的时候，就可以向他说话。（下。）

鲍西娅　我必须进去。唉！女人的心是一件多么软弱的东西！勃鲁托斯啊！愿上天保佑你的事业成功。嗳哟，叫这孩子听了去啦；勃鲁托斯要向凯撒请愿，可是凯撒不见得会答应他。啊！我的身子快要支持不住了。路歇斯，快去，替我致意我的主，说我现在很快乐。去了你再回来，告诉我他对你说些什么。（各下。）

第三幕

第一场　罗马。圣殿前。元老院在上层聚会

阿特米多勒斯及预言者杂在大群民众中上：喇叭奏花腔。凯撒、勃鲁托斯、凯歇斯、凯斯卡、狄歇斯、麦泰勒斯、特莱包涅斯、西那、安东尼、莱必多斯、波匹律斯、坡勃律斯及余人等上。

凯撒　（向预言者）三月十五已经来了。

预言者　是的，凯撒，可是它还没有去。

阿特米多勒斯　祝福，凯撒！请您把这张单子读一遍。

狄歇斯　这是特莱包涅斯的一个卑微的请愿，请您有空把它看一看。

阿特米多勒斯 啊，凯撒！先读我的；因为我的请愿是对凯撒很有关系的。读吧，伟大的凯撒。

凯撒 有关我自己的事情，应当放在末了办。

阿特米多勒斯 不要把它搁置，凯撒；立刻就读。

凯撒 什么！这家伙疯了吗？

坡勃律斯 喂，让开。

凯撒 什么！你们要在街上呈递你们的请愿吗？到圣殿里来吧。

　　　　　　凯撒走上元老院，余人后随；众元老起立。

波匹律斯 我希望你们今天大事成功。

凯歇斯 什么大事，波匹律斯？

波匹律斯 再见。（至凯撒前。）

勃鲁托斯 波匹律斯·里那怎么说？

凯歇斯 他希望我们今天大事成功。我怕我们的计划已经泄漏了。

勃鲁托斯 瞧，他到凯撒面前去了；看着他。

凯歇斯 凯斯卡，事不宜迟，不要让他们有了防备。勃鲁托斯，怎么办？要是事情泄漏，那么也许是凯歇斯，也许是凯撒，总有一个人今天不能回去，因为我们这次倘然失败，我一定自杀。

勃鲁托斯 凯歇斯，别慌；波匹律斯·里那并没有把我们的计划告诉他；瞧，他在笑，凯撒也没有变脸色。

凯歇斯 特莱包涅斯很机警，你瞧，勃鲁托斯，他把玛克·安东尼拉开去了。（安东尼、特莱包涅斯同下；凯撒及众元老就坐。）

狄歇斯 麦泰勒斯·辛伯在哪儿？叫他立刻过来，向凯撒呈上他的请愿。

勃鲁托斯　在叫麦泰勒斯了；我们站近些帮他说话。

西那　凯斯卡，你第一个举起手来。

凯撒　我们都预备好了吗？现在还有什么不对的事情，凯撒和他的元老们必须纠正的？

麦泰勒斯　至高无上、威严无比的凯撒，麦泰勒斯·辛伯在您的座前掬献一颗卑微的心——（跪。）

凯撒　我必须阻止你，辛伯。这种打躬作揖的玩意儿，也许可以煽动平常人的心，使那已经决定了的命令宣判变成儿戏的法律。可是你不要痴心，以为凯撒也有那样卑劣的血液，会因为这种可以使傻瓜们感动的甘言美语、弯腰屈膝和无耻的摇尾乞怜而融化了他的坚强的意志。按照判决，你的兄弟必须放逐出境；要是你奴颜婢膝地为他说情，我就要把你像狗一样踢开去。告诉你，凯撒是不会错误的，他所决定的事，一定有充分的理由。

麦泰勒斯　这儿难道没有一个比我自己更有价值的、在伟大的凯撒耳中更动听的声音，愿意为我放逐的兄弟恳求撤回成命吗？

勃鲁托斯　我吻你的手，可是这不是向你献媚，凯撒；请你立刻下令赦免坡勃律斯·辛伯。

凯撒　什么，勃鲁托斯！

凯歇斯　开恩吧，凯撒；凯撒，开恩吧。凯歇斯俯伏在您的足下，请您赦免坡勃律斯·辛伯。

凯撒　要是我也跟你们一样，我就会被你们所感动；要是我也能够用哀求打动别人的心，那么你们的哀求也会打动我的心；可是我是像北极星一样坚定，它的不可动摇的性质，在天宇中是无与伦比的。天上布满了无数的星辰，每一个星辰都是一个火球，都有它各自的光辉，可是在众星之中，只有一个星卓立不动。在人世间也是这样；无数的人生活在这世间，他们都是有血肉有知觉的，可是我知道只有一个人能够确保他的不可侵犯的地位，任何力量都不能使他动摇。我就是他；让我在这件小小的事上向你们证明，我既然已经决定把辛伯放逐，就要贯彻我的意旨，毫不含糊地执行这一个成命，而且永远不让他再回到罗马来。

西那 啊，凯撒——

凯撒 去！你想把俄林波斯山一手举起吗？

狄歇斯 伟大的凯撒——

凯撒 勃鲁托斯不是白白地下跪吗？

凯斯卡 好，那么让我的手代替我说话！（率众刺凯撒。）

凯撒 勃鲁托斯，你也在内吗？那么倒下吧，凯撒！（死。）

西那 自由！解放！暴君死了！去，到各处街道上宣布这样的消息。

凯歇斯 去几个人到公共讲坛上，高声呼喊，"自由，解放！"

勃鲁托斯 各位民众，各位元老，大家不要惊慌，不要跑走；站定；野心已经偿了它债了。

凯斯卡 到讲坛上来，勃鲁托斯。

狄歇斯 凯歇斯也上去。

勃鲁托斯 坡勃律斯呢？

西那 在这儿，他给这场乱子吓呆了。

麦泰勒斯 大家站在一起不要跑开，也许凯撒的同党们——

裘力斯·凯撒

勃鲁托斯　别讲这种话。坡勃律斯，放心吧；我们不会加害于你，也不会加害任何其他的罗马人；你这样告诉他们，坡勃律斯。

凯歇斯　离开我们，坡勃律斯；也许人民会向我们冲来，连累您老人家受了伤害。

勃鲁托斯　是的，你去吧；我们干了这种事，我们自己负责，不要连累别人。

　　　　　　特莱包涅斯上。

凯歇斯　安东尼呢？

特莱包涅斯　吓得逃回家里去了。男人、女人、孩子，大家睁大了眼睛，乱嚷乱叫，到处奔跑，像是末日到来了一般。

勃鲁托斯　命运，我们等候着你的旨意。我们谁都免不了一死；与其在世上偷生苟活，拖延着日子，还不如轰轰烈烈地死去。

凯斯卡　嘿，切断了二十年的生命，等于切断了二十年在忧生畏死中过去的时间。

勃鲁托斯　照这样说来，死还是一件好事。所以我们都是凯撒的朋友，帮助他结束了这一段忧生畏死的生命。弯下身去，罗马人，弯下身去；让我们把手浸在凯撒的血里，一直到我们的肘上；让我们用他的血抹我们的剑。然后我们就迈步前进，到市场上去；把我们鲜红的武器在我们头顶挥舞，大家高呼着，"和平，自由，解放！"

凯歇斯　好，大家弯下身去，洗你们的手吧。多少年代以后，我们这一场壮烈的戏剧，将要在尚未产生的国家用我们所不知道的语言表演！

勃鲁托斯　凯撒将要在戏剧中流多少次的血，他现在却长眠在庞贝的像座之下，他的尊严化成了泥土！

凯歇斯　后世的人们搬演今天这一幕的时候，将要称我们这一群为祖国的解放者。

狄歇斯　怎么！我们要不要就去？

凯歇斯　好，大家去吧。让勃鲁托斯领导我们，让我们用罗马最勇敢纯洁的心跟随在他的后面。

　　　　　一仆人上。

勃鲁托斯　且慢！谁来啦？一个安东尼手下的人。

仆人　勃鲁托斯，我的主人玛克·安东尼叫我跪在您的面前，他叫我对您说：勃鲁托斯是聪明正直、勇敢高尚的君子，凯撒是威严勇猛、慷慨仁慈的豪杰；我爱勃鲁托斯，我尊敬他；我畏惧凯撒，可是我也爱他尊敬他。要是勃鲁托斯愿意保证安东尼的安全，允许他来见一见勃鲁托斯的面，让他明白凯撒何以致死的原因，那么玛克·安东尼将要爱活着的勃鲁托斯甚于已死的凯撒；他将要竭尽他的忠诚，不辞一切的危险，追随着高贵的勃鲁托斯。这是我的主人安东尼所说的话。

勃鲁托斯　你的主人是一个聪明勇敢的罗马人，我一向佩服他。你去告诉他，请他到这儿来，我们可以给他满意的解释；我用我的荣誉向他保证，他决不会受到丝毫的伤害。

仆人　我立刻就去请他来。（下。）

勃鲁托斯　我知道我们可以跟他做朋友的。

凯歇斯　但愿如此；可是我对他总觉得很不放心。我所疑虑的事情，往往会成为事实。

裘力斯·凯撒

安东尼重上。

勃鲁托斯 安东尼来了。欢迎，玛克·安东尼。

安东尼 啊，伟大的凯撒！你就这样倒下了吗？你的一切赫赫的勋业，你的一切光荣胜利，都化为乌有了吗？再会！各位壮士，我不知道你们的意思，还有些什么人在你们眼中看来是有毒的，应当替他放血。假如是我的话，那么我能够和凯撒死在同一个时辰，让你们手中那沾着全世界最高贵的血的刀剑结果我的生命，实在是再好没有的事。我请求你们，要是你们对我怀着敌视，趁着现在你们血染的手还在发出热气，赶快执行你们的意旨吧。即使我活到一千岁，也找不到像今天这样好的一个死的机会；让我躺在凯撒的旁边，还有比这更好的死处吗？让我死在你们这些当代英俊的手里，还有比这更好的死法吗？

勃鲁托斯 啊，安东尼！不要向我们请求一死。虽然你现在看我们好像是这样惨酷残忍，可是你只看见我们血污的手和它们所干的这一场流血的惨剧，你却还没有看见我们的心，它们是慈悲而仁善的。我们因为不忍看见罗马的人民受到暴力的压迫，所以才不得已把凯撒杀死；正像一场大火把小火吞没一样，更大的怜悯使我们放弃了小小的不忍之心。对于你，玛克·安东尼，我们的剑锋是铅铸的；我们用一切的热情、善意和尊敬，张开我们友好的胳臂欢迎你。

凯歇斯 我们重新分配官职的时候，你的意见将要受到同样的尊重。

勃鲁托斯 现在请你暂时忍耐，等我们把惊惶失措的群众安抚好了以后，就可以告诉你为什么我们要采取这样的行动，虽然我在刺死凯撒的一刹那还是没有减却我对他的敬爱。

安东尼　我不怀疑你的智慧。让每一个人把他的血手给我：第一，玛克斯·勃鲁托斯，我要握您的手；其次，卡厄斯·凯歇斯，我要握您的手；狄歇斯·勃鲁托斯、麦泰勒斯、西那，还有我的勇敢的凯斯卡，让我一个一个跟你们握手；虽然是最后一个，可是让我用同样热烈的诚意和您握手，好特莱包涅斯。各位朋友——唉！我应当怎么说呢？我的信誉现在岌岌可危，你们不以为我是一个懦夫，就要以为我是一个阿谀之徒。啊，凯撒！我曾经爱过你，这是一件千真万确的事实；要是你的阴魂现在看着我们，你看见你的安东尼当着你的尸骸之前觍颜事仇，握着你的敌人的血手，那不是要使你觉得比死还难过吗？要是我有像你的伤口那么多的眼睛，我应当让它们流着滔滔的热泪，正像血从你的伤口涌出一样，可是我却忘恩负义，和你的敌人成为朋友了。恕我，裘力斯！你是一头勇敢的鹿，在这儿落到猎人的手里了；啊，世界！你是这头鹿栖息的森林，他是这一座森林中的骄子；你现在躺在这儿，多么像一头中箭的鹿，被许多王子贵人把你射死！

凯歇斯　玛克·安东尼——

安东尼　恕我，卡厄斯·凯歇斯。即使是凯撒的敌人，也会说这样的话；在一个他的朋友的嘴里，这不过是人情上应有的表示。

凯歇斯　我不怪你把凯撒这样赞美；可是你预备怎样跟我们合作？你愿意做我们的一个同志呢，还是各行其是？

安东尼　我因为愿意跟你们合作，所以才跟你们握手；可是因为瞧见了凯撒，所以又说到旁的话头上去了，你们都是我的朋友，我愿意和你们大家相亲相爱，可是我希望你们能够向我解释为什么凯撒是一个危险的人物。

勃鲁托斯 我们倘没有正当的理由，那么今天这一种举动完全是野蛮的暴行了。要是你知道了我们所以要这样干的原因，安东尼，即使你是凯撒的儿子，你也会心悦诚服。

安东尼 那是我所要知道的一切。我还要向你们请求一件事，请你们准许我把他的尸体带到市场上去，让我以一个朋友的地位，在讲坛上为他说几句追悼的话。

勃鲁托斯 我们准许你，玛克·安东尼。

凯歇斯 勃鲁托斯，跟你说句话。（向勃鲁托斯旁白）你太不加考虑了；不要让安东尼发表他的追悼演说。你不知道人民听了他的话，将要受到多大的感动吗？

勃鲁托斯 对不起，我自己先要登上讲坛，说明我们杀死凯撒的理由；我还要声明安东尼将要说的话，事先曾经得到我们的许可，我们并且同意凯撒可以得到一切合礼的身后哀荣。这样不但对我们没有妨害，而且更可以博得舆论对我们的同情。

凯歇斯 我不知道那会引起什么结果；我不赞成这样做。

勃鲁托斯 玛克·安东尼，来，你把凯撒的遗体搬去。在你的哀悼演说里，你不能归罪我们，不过你可以照你所能想到的尽量称道凯撒的好处，同时你必须声明你说这样的话，曾经得到我们的许可；要不然的话，我们就不让你参加他的葬礼。还有你必须跟我在同一讲坛上演说，等我演说完了以后你再上去。

安东尼　就这样吧；我没有其他的奢望了。

勃鲁托斯　那么准备把尸体抬起来，跟着我们来吧。（除安东尼外同下。）

安东尼　啊！你这一块流血的泥土，你这有史以来最高贵的英雄的遗体，恕我跟这些屠夫们曲意周旋。愿灾祸降于溅泼这样宝贵的血的凶手！你的一处处伤口，好像许多无言的嘴，张开了它们殷红的嘴唇，要求我的舌头替它们向世人申诉；我现在就在这些伤口上预言：一个咒诅将要降临在人们的肢体上；残暴惨酷的内乱将要使意大利到处陷于混乱；流血和破坏将要成为一时的风尚，恐怖的景象将要每天接触到人们的眼睛，以致于做母亲的人看见她们的婴孩被战争的魔手所肢解，也会毫不在乎地付之一笑；人们因为习惯于残杀，一切怜悯之心将要完全灭绝；凯撒的冤魂借着从地狱的烈火中出来的阿提①的协助，将要用一个君王的口气，向罗马的全境发出屠杀的号令，让战争的猛犬四出蹂躏，为了这一个万恶的罪行，大地上将要弥漫着呻吟求葬的臭皮囊。

　　　　　一仆人上。

安东尼　你是侍候奥克泰维斯·凯撒的吗？

仆人　是的，玛克·安东尼。

安东尼　凯撒曾经写信叫他到罗马来。

仆人　他已经接到信，正在动身前来；他叫我口头对您说——（见尸体）啊，凯撒！——

---

①阿提（Ate），希腊罗马神话中之复仇女神。

裘力斯·凯撒

安东尼　你的心肠很仁慈，你走开去哭吧。情感是容易感染的，看见你眼睛里悲哀的泪珠，我自己也忍不住流泪了。你的主人就来吗？

仆人　他今晚耽搁在离罗马二十多哩的地方。

安东尼　赶快回去，告诉他这儿发生的事。这是一个悲伤的罗马，一个危险的罗马，现在还不是可以让奥克泰维斯安全居住的地方；快去，照这样告诉他。可是且慢，你必须等我把这尸体搬到市场上去了以后再回去；我要在那边用演说试探人民对于这些暴徒们所造成的惨剧有什么反应，你可以根据他们的表示，回去告诉年轻的奥克泰维斯关于这儿的一切情形。帮一帮我。（二人抬凯撒尸体同下。）

第二场　同前。大市场

勃鲁托斯、凯歇斯及一群市民上。

众市民　我们一定要得到满意的解释；让我们得到满意的解释。

勃鲁托斯　那么跟我来，朋友们，让我讲给你们听。凯歇斯，你到另外一条街上去，把听众分散分散。愿意听我的留在这儿；愿意听凯歇斯的跟他去。我们将要公开宣布凯撒致死的原因。

市民甲　我要听勃鲁托斯讲。

市民乙　我要听凯歇斯讲；我们各人听了以后，可以把他们两人的理由比较比较。（凯歇斯及一部分市民下；勃鲁托斯登讲坛。）

市民丙　尊贵的勃鲁托斯上去了；静！

勃鲁托斯　请耐心听我讲完。各位罗马人，各位亲爱的同胞们！
请你们静静地听我解释。为了我的名誉，请你们相信我；
尊重我的名誉，这样你们就会相信我的话。用你们的智慧
批评我；唤起你们的理智，给我一个公正的评断。要是在
今天在场的群众中间，有什么人是凯撒的好朋友，我要对
他说，勃鲁托斯也是和他同样地爱着凯撒。要是那位朋友
问我为什么勃鲁托斯要起来反对凯撒，这就是我的回答：
并不是我不爱凯撒，可是我更爱罗马。你们宁愿让凯撒
活在世上，大家作奴隶而死呢，还是让凯撒死去，大家作
自由人而生？因为凯撒爱我，所以我为他流泪；因为他是
幸运的，所以我为他欣慰；因为他是勇敢的，所以我尊敬
他；因为他有野心，所以我杀死他。我用眼泪报答他的友
谊，用喜悦庆祝他的幸运，用尊敬崇扬他的勇敢，用死亡
惩戒他的野心。这儿有谁愿意自甘卑贱，做一个奴隶？要
是有这样的人，请说出来；因为我已经得罪他了。这儿有
谁愿意自居化外，不愿做一个罗马人？要是有这样的人，
请说出来；因为我已经得罪他了。这儿有谁愿意自处下流，
不爱他的国家？要是有这样的人，请说出来；因为我已经
得罪他了。我等待着答复。

众市民　没有，勃鲁托斯，没有。

勃鲁托斯　那么我没有得罪什么人。我怎样对待凯撒，你们也可
以怎样对待我。他的遇害的经过已经记录在议会的案卷上，
他的彪炳的功绩不曾被抹杀，他的错误虽使他伏法受诛，
也不曾过分夸大。

安东尼及余人等抬凯撒尸体上。

勃鲁托斯 玛克·安东尼护送着他的遗体来了。虽然安东尼并不预闻凯撒的死，可是他将要享受凯撒死后的利益，他可以在共和国中得到一个地位，正像你们每一个人都是共和国中的一分子一样。当我临去之前，我还要说一句话：为了罗马的好处，我杀死了我的最好的朋友，要是我的祖国需要我的死，那么无论什么时候，我都可以用那同一把刀子杀死我自己。

众市民 不要死，勃鲁托斯！不要死！不要死！

市民甲 用欢呼护送他回家。

市民乙 替他立一座雕像，和他的祖先们在一起。

市民丙 让他做凯撒。

市民丁 让凯撒的一切光荣都归于勃鲁托斯。

市民甲 我们要一路欢呼送他回去。

勃鲁托斯 同胞们——

市民乙 静！别闹！勃鲁托斯讲话了。

市民甲 静些！

勃鲁托斯 善良的同胞们，让我一个人回去，为了我的缘故，留在这儿听安东尼有些什么话说。你们应该尊敬凯撒的遗体，静听玛克·安东尼赞美他的功业的演说；这是我们已经允许他的。除了我一个人以外，请你们谁也不要走开，等安东尼讲完了他的话。（下。）

市民甲 大家别走！让我们听玛克·安东尼讲话。

市民丙 让他登上讲坛；我们要听他讲话。尊贵的安东尼，上去。

安东尼 为了勃鲁托斯的缘故，我感激你们的好意。（登坛。）

市民丁　他说勃鲁托斯什么话？

市民丙　他说，为了勃鲁托斯的缘故，他感激我们的好意。

市民丁　他最好不要在这儿说勃鲁托斯的坏话。

市民甲　这凯撒是个暴君。

市民丙　嗯，那是不用说的；幸亏罗马除掉了他。

市民乙　静！让我们听听安东尼有些什么话说。

安东尼　各位善良的罗马人——

众市民　静些！让我们听他说。

安东尼　各位朋友，各位罗马人，各位同胞，请你们听我说；我是来埋葬凯撒，不是来赞美他。人们做了恶事，死后免不了遭人唾骂，可是他们所做的善事，往往随着他们的尸骨一齐入土；让凯撒也这样吧。尊贵的勃鲁托斯已经对你们说过，凯撒是有野心的；要是真有这样的事，那诚然是一个重大的过失，凯撒也为了它付出惨酷的代价了。现在我得到勃鲁托斯和他的同志们的允许——因为勃鲁托斯是一个正人君子，他们也都是正人君子——到这儿来在凯撒的丧礼中说几句话。他是我的朋友，他对我是那么忠诚公正；然而勃鲁托斯却说他是有野心的，而勃鲁托斯是一个正人君子。他曾经带许多俘虏回到罗马来，他们的赎金都充实了公家的财库；这可以说是野心者的行径吗？穷苦的人哀哭的时候，凯撒曾经为他们流泪；野心者是不应当这样仁慈的。然而勃鲁托斯却说他是有野心的，而勃鲁托斯是一个正人君子。你们大家看见在卢柏克节的那天，我三次献给他一顶王冠，他三次都拒绝了；这难道是野心吗？然而勃鲁托斯却说他是有野心的，而勃鲁托斯的的确确是

裘力斯·凯撒

一个正人君子。我不是要推翻勃鲁托斯所说的话，我所说的只是我自己所知道的事实。你们过去都曾爱过他，那并不是没有理由的；那么什么理由阻止你们现在哀悼他呢？唉，理性啊！你已经遁入了野兽的心中，人们已经失去辨别是非的能力了。原谅我；我的心现在是跟凯撒一起在他的棺木之内，我必须停顿片刻，等它回到我自己的胸腔里。

市民甲　我想他的话说得很有道理。

市民乙　仔细想起来，凯撒是有点儿死得冤枉。

市民丙　列位，他死得冤枉吗？我怕换了一个人来，比他还不如哩。

市民丁　你们听见他的话吗？他不愿接受王冠；所以他的确一点没有野心。

市民甲　要是果然如此，有几个人将要付重大的代价。

市民乙　可怜的人！他的眼睛哭得像火一般红。

市民丙　在罗马没有比安东尼更高贵的人了。

市民丁　现在听看；他又开始说话了。

安东尼　就在昨天，凯撒的一句话可以抵御整个的世界；现在他躺在那儿，没有一个卑贱的人向他致敬。啊，诸君！要是我有意想要激动你们的心灵，引起一场叛乱，那我就要对不起勃鲁托斯，对不起凯歇斯；你们大家知道，他们都是正人君子。我不愿干对不起他们的事；我宁愿对不起死人，对不起我自己，对不起你们，却不愿对不起这些正人君子。可是这儿有一张羊皮纸，上面盖着凯撒的印章；那是我在他的卧室里找到的一张遗嘱。只要让民众一听到这张遗嘱上的话——原谅我，我现在还不想把它宣读——他们就会

去吻凯撒尸体上的伤口，用手巾去蘸他神圣的血，还要乞
讨他的一根头发回去作纪念，当他们临死的时候，将要在
他们的遗嘱上郑重提起，作为传给后嗣的一项贵重的遗产。

市民丁　我们要听那遗嘱；读出来，玛克·安东尼。

众市民　遗嘱，遗嘱！我们要听凯撒的遗嘱。

安东尼　耐心吧，善良的朋友们；我不能读给你们听。你们不应
该知道凯撒多么爱你们。你们不是木头，你们不是石块，
你们是人；既然是人，听见了凯撒的遗嘱，一定会激起你
们心中的火焰，一定会使你们发疯。你们还是不要知道你
们是他的后嗣；要是你们知道了，啊！那将会引起一场什
么乱子来呢？

市民丁　读那遗嘱！我们要听，安东尼；你必须把那遗嘱读给我
们听，那凯撒的遗嘱。

安东尼　你们不能忍耐一些吗？你们不能等一会儿吗？是我一时
失口告诉了你们这件事。我怕我对不起那些用刀子杀死凯
撒的正人君子；我怕我对不起他们。

市民丁　他们是叛徒；什么正人君子！

众市民　遗嘱！遗嘱！

市民乙　他们是恶人、凶手。遗嘱！读那遗嘱！

安东尼　那么你们一定要逼迫我读那遗嘱吗？好，那么你们大家
环绕在凯撒尸体的周围，让我给你们看看那写下这遗嘱的
人。我可以下来吗？你们允许我吗？

众市民　下来。

市民乙　下来。（安东尼下坛。）

市民丙　我们允许你。

181

市民丁　大家站成一个圆圈。

市民甲　不要挨着棺材站着；不要挨着尸体站着。

市民乙　留出一些地位给安东尼，最尊贵的安东尼。

安东尼　不，不要挨得我这样紧；站得远一些。

众市民　退后！让出地位来！退后去！

安东尼　要是你们有眼泪，现在准备流起来吧。你们都认识这件外套；我记得凯撒第一次穿上它，是在一个夏天的晚上，在他的营帐里，就在他征服纳维人的那一天。瞧！凯歇斯的刀子是从这地方穿过的；瞧那狠心的凯斯卡割开了一道多深的裂口；他所深爱的勃鲁托斯就从这儿刺了一刀进去，当他拔出他那万恶的武器的时候，瞧凯撒的血是怎样汩汩不断地跟着它出来，好像急于涌到外面来，想要知道究竟是不是勃鲁托斯下这样无情的毒手；因为你们知道，勃鲁托斯是凯撒心目中的天使。神啊，请你们判断判断凯撒是多么爱他！这是最无情的一击，因为当尊贵的凯撒看见他行刺的时候，负心，这一柄比叛徒的武器更锋锐的利剑，就一直刺进了他的心脏，那时候他的伟大的心就碎裂了；他的脸给他的外套蒙着，他的血不停地流着，就在庞贝像座之下，伟大的凯撒倒下了。啊！那是一个多么惊人的陨落，我的同胞们；我、你们，我们大家都随着他一起倒下，残酷的叛逆却在我们头上耀武扬威。啊！现在你们流起眼泪来了，我看见你们已经天良发现；这些是真诚的泪滴。善良的人们，怎么！你们只看见我们凯撒衣服上的伤痕，就哭起来了吗？瞧这儿，这才是他自己，你们看，给叛徒们伤害到这个样子。

市民甲　啊，伤心的景象！

市民乙　啊，尊贵的凯撒！

市民丙　啊，不幸的日子！

市民丁　啊，叛徒！恶贼！

市民甲　啊，最残忍的惨剧！

市民乙　我们一定要复仇。

众市民　复 仇！——动 手！——捉 住 他 们！——烧！放火！——杀！——杀！不要让一个叛徒活命。

安东尼　且慢，同胞们！

市民甲　静下来！听尊贵的安东尼讲话。

市民乙　我们要听他，我们要跟随他，我们要和他死在一起。

安东尼　好朋友们，亲爱的朋友们，不要让我把你们煽起这样一场暴动的怒潮。干这件事的人都是正人君子；唉！我不知道他们有些什么私人的怨恨，使他们干出这种事来，可是他们都是聪明而正直的，一定有理由可以答复你们。朋友们，我不是来偷取你们的心；我不是一个像勃鲁托斯那样能言善辩的人；你们大家都知道我不过是一个老老实实、爱我的朋友的人；他们也知道这一点，所以才允许我为他公开说几句话。因为我既没有智慧，又没有口才，又没有本领，我也不会用行动或言语来激动人们的血性；我不过照我心里所想到的说出来；我只是把你们已经知道的事情向你们提醒，给你们看看亲爱的凯撒的伤口，可怜的、可怜的无言之口，让它们代替我说话。可是假如我是勃鲁托斯，而勃鲁托斯是安东尼，那么那个安东尼一定会激起你们的愤怒，让凯撒的每一处伤口里都长出一条舌头来，即使罗马的石块也将要大受感动，奋身而起，向叛徒们抗争了。

众市民　我们要暴动！

市民甲　我们要烧掉勃鲁托斯的房子！

市民丙　那么去！来，捉那些奸贼们去！

安东尼　听我说，同胞们，听我说。

众市民　静些！——听安东尼说——最尊贵的安东尼。

安东尼　唉，朋友们，你们不知道你们将要去干些什么事。凯撒在什么地方值得你们这样爱他呢？唉！你们还没有知道，让我来告诉你们吧。你们已经忘记我对你们说起的那张遗嘱了。

众市民　不错。那遗嘱！让我们先听听那遗嘱。

安东尼　这就是凯撒盖过印的遗嘱。他给每一个罗马市民七十五个德拉克马①。

市民乙　最尊贵的凯撒！我们要为他的死复仇。

市民丙　啊，伟大的凯撒！

安东尼　耐心听我说。

众市民　静些！

安东尼　而且，他还把台伯河这一边的他的所有的步道、他的私人的园亭、他的新辟的花圃，全部赠给你们，永远成为你们世袭的产业，供你们自由散步游息之用。这样一个凯撒！几时才会有第二个同样的人？

市民甲　再也不会有了，再也不会有了！来，我们去，我们去！

---

①德拉克马（Drachma），古希腊货币名。

我们要在神圣的地方把他的尸体火化，就用那些火把去焚烧叛徒们的屋子。抬起这尸体来。

市民乙　去点起火来。

市民丙　把凳子拉下来烧。

市民丁　把椅子、窗门——什么东西一起拉下来烧。（众市民抬尸体下。）

安东尼　现在让它闹起来吧；一场乱事已经发生，随它怎样发展下去吧！

　　　　　　　　一仆人上。

安东尼　什么事？

仆人　大爷，奥克泰维斯已经到罗马了。

安东尼　他在什么地方？

仆人　他跟莱必多斯都在凯撒家里。

安东尼　我立刻就去看他。他来得正好。命运之神现在很高兴，她会满足我们一切的愿望。

仆人　我听他说勃鲁托斯和凯歇斯像疯子一样逃出了罗马的城门。

安东尼　大概他们已经注意到人民的态度，人民都被我煽动得十分激昂。领我到奥克泰维斯那儿去。（同下。）

第三场　同前。街道

　　　　　　诗人西那上。

诗人西那　昨天晚上我做了一个梦，梦里我跟凯撒在一起欢宴；

许多不祥之兆萦迴在我的脑际；我实在不想出来，可是不知不觉地又跑到门外来了。

众市民上。

市民甲 你叫什么名字？

市民乙 你到哪儿去？

市民丙 你住在哪儿？

市民丁 你是一个结过婚的人，还是一个单身汉子？

市民乙 回答每一个人的问话，要说得爽爽快快。

市民甲 是的，而且要说得简简单单。

市民丁 是的，而且要说得明明白白。

市民丙 是的，而且最好要说得确确实实。

诗人西那 我叫什么名字？我到哪儿去？我住在哪儿？我是一个结过婚的人，还是一个单身汉子？我必须回答每一个人的问话，要说得爽爽快快、简简单单、明明白白，而且确确实实。我就明明白白地回答你们，我是一个单身汉子。

市民乙 那简直就是说，那些结婚的人都是糊里糊涂的家伙；我怕你免不了要挨我一顿打。说下去；爽爽快快地说。

诗人西那 爽爽快快地说，我是去参加凯撒的葬礼的。

市民甲 你用朋友的名义去参加呢，还是用敌人的名义？

诗人西那 用朋友的名义。

市民乙 那个问题他已经爽爽快快地回答了。

市民丁 你的住所呢？简简单单地说。

诗人西那 简简单单地说，我住在圣殿附近。

市民丙 先生，你的名字呢？确确实实地说。

诗人西那 确确实实地说，我的名字是西那。

市民乙　撕碎他的身体；他是一个奸贼。

诗人西那　我是诗人西那，我是诗人西那。

市民丁　撕碎他，因为他做了坏诗；撕碎他，因为他做了坏诗。

诗人西那　我不是参加叛党的西那。

市民乙　不管它，他的名字叫西那；把他的名字从他的心里挖出来，再放他去吧。

市民丙　撕碎他，撕碎他！来，火把！喂！火把！到勃鲁托斯家里，到凯歇斯家里；烧毁他们的一切。去几个人到狄歇斯家里，几个人到凯斯卡家里，还有几个人到里加律斯家里。去！去！（同下。）

裘力斯·凯撒

第四幕

第一场　罗马。安东尼家中一室

安东尼、奥克泰维斯及莱必多斯围桌而坐。

安东尼　那么这些人都是应该死的；他们的名字上都作了记号了。

奥克泰维斯　你的兄弟也必须死；你答应吗，莱必多斯？

莱必多斯　我答应。

奥克泰维斯　替他作了记号，安东尼。

莱必多斯　可是有一个条件，坡勃律斯也不能让他活命，他是你的外甥，安东尼。

安东尼　那么就把他处死；瞧，我用一个黑点注定他的死罪了。可是莱必多斯，你到凯撒家里去一趟，把他的遗嘱拿来，让我们决定怎样按照他的意旨替他处分遗产。

莱必多斯　什么！还要我到这儿来找你们吗？

奥克泰维斯 我们要是不在这儿，你到圣殿来找我们好了。（莱必多斯下。）

安东尼 这是一个不足齿数的庸奴，只好替别人供奔走之劳；像他这样的人，也配跟我们鼎足三分，在这世界上称雄道霸吗？

奥克泰维斯 你既然这样瞧不起他，为什么在我们判决哪几个人应当处死的时候，却愿意听从他的意见？

安东尼 奥克泰维斯，我比你多了几年人生经验；虽然我们把这种荣誉加在这个人的身上，使他替我们分去一部分诽谤，可是他负担他的荣誉将会像驴子负担黄金一样，在重荷之下呻吟流汗，不是被人牵曳，就是受人驱策，走一步路都要听我们的指挥；等他替我们把宝物载运到我们预定的地点以后，我们就可以卸下他的负担，把他赶走，让他像一头闲散的驴子一样，耸耸他的耳朵，在旷地上啃嚼他的草料。

奥克泰维斯 你可以照你的意思做；可是他不失为一个经验丰富的勇敢军人。

安东尼 我的马儿也是这样，奥克泰维斯；因为它久历戎行，所以我才用粮草饲养它。我教我的马儿怎样冲锋作战，怎样转弯，怎样停步，怎样向前驰突，它的身体的动作都要受我的精神的节制。莱必多斯也有几分正是如此；他一定要有人教导训练，有人命令他前进；他是一个没有独立精神的家伙，靠着腐败的废物滋养他自己，只知道掇拾他人的牙慧，人家已经习久生厌的事情，在他却还是十分新奇；不要讲起他，除非把他当作一件工具看待。现在，奥克泰

裘力斯·凯撒

维斯，让我们讲些重大的事情吧。勃鲁托斯和凯歇斯正在那儿招募兵马，我们必须立刻准备抵御；让我们集合彼此的力量，拉拢我们最好的朋友，运用我们所有的资财；让我们立刻就去举行会议，商讨怎样揭发秘密的阴谋，抗拒公开的攻击的方法吧。

奥克泰维斯　好，我们就去；我们已经到了存亡的关头，许多敌人环伺在我们的四周；还有许多虽然脸上装着笑容，我怕他们的心头却藏着无数的奸谋。（同下。）

第二场　萨狄斯附近的营地。
勃鲁托斯营帐之前

　　　　鼓声；勃鲁托斯、路西律斯、路歇斯及兵士等上；泰
　提涅斯及品达勒斯自相对方向上。

勃鲁托斯　喂，站住！

路西律斯　喂，站住！口令！

勃鲁托斯　啊，路西律斯！凯歇斯就要来了吗？

路西律斯　他快要到了；品达勒斯奉他主人之命，来向您致敬。

　　（品达勒斯以信交勃鲁托斯。）

勃鲁托斯　他信上写得很是客气。品达勒斯，你的主人近来行动有些改变，也许是他用人失当，使我觉得有些事情办得很不满意；不过要是他就要来了，我想他一定会向我解释的。

品达勒斯　我相信我的尊贵的主人一定会向您证明他还是那样一个忠诚正直的人。

勃鲁托斯　我并不怀疑他。路西律斯，我问你一句话，他怎样接待你？

路西律斯　他对我很是客气；可是却不像从前那样亲热，言辞之间，也没有从前那样真诚坦白。

勃鲁托斯　你所讲的正是一个热烈的友谊冷淡下来的情形。路西律斯，你要是看见朋友之间用得着不自然的礼貌的时候，就可以知道他们的感情已经在开始衰落了。坦白质朴的忠诚，是用不着浮文虚饰的；可是没有真情的人，就像一匹尚未试步的倔强的驽马，表现出一副奔腾千里的姿态，等到一受鞭策，就会颠踬泥涂，显出庸劣的本相。他的军队有没有开拔？

路西律斯　他们预备今晚驻扎在萨狄斯；大部分的人马是跟凯歇斯同来的。

勃鲁托斯　听！他到了。（内军队轻步行进）轻轻地上去迎接他。

　　　　　　凯歇斯及兵士等上。

凯歇斯　喂，站住！

勃鲁托斯　喂，站住！口令！

兵士甲　站住！

兵士乙　站住！

兵士丙　站住！

凯歇斯　最尊贵的兄弟，你欺人太甚啦。

勃鲁托斯　神啊，判断我。我欺侮过我的敌人吗？要是我没有欺侮过敌人，我怎么会欺侮一个兄弟呢？

凯歇斯　勃鲁托斯，你用这种庄严的神气掩饰你给我的侮辱——

勃鲁托斯　凯歇斯，别生气；你有什么不痛快的事情，请你轻轻地说吧。当着我们这些兵士的面前，让我们不要争吵，不要让他们看见我们两人不和。打发他们走开；然后，凯歇斯，你可以到我的帐里来诉说你的怨恨；我一定听你。

凯歇斯　品达勒斯，向我们的将领下令，叫他们各人把队伍安顿在离这儿略远一点的地方。

勃鲁托斯　路西律斯，你也去下这样的命令；在我们的会谈没有完毕以前，谁也不准进入我们的帐内。叫路歇斯和泰提涅斯替我们把守帐门。（同下。）

第三场　勃鲁托斯帐内

勃鲁托斯及凯歇斯上。

凯歇斯　你对我的侮辱，可以在这一件事情上看得出来：你把路歇斯·配拉定了罪，因为他在这儿受萨狄斯人的贿赂；可是我因为知道他的为人，写信来替他说情，你却置之不理。

勃鲁托斯　你在这种事情上本来就不该写信。

凯歇斯　在现在这种时候，不该为了一点小小的过失就把人谴责。

勃鲁托斯　让我告诉你，凯歇斯，许多人都说你自己的手心也很有点儿痒，常常为了贪图黄金的缘故，把官爵出卖给无功无能的人。

凯歇斯　我的手心痒！说这句话的人，倘不是勃鲁托斯，那么凭着神明起誓，这句话将要成为你的最后一句话。

勃鲁托斯　这种贪污的行为，因为有凯歇斯的名字作护符，所以惩罚还不曾显出它的威严来。

凯歇斯 惩罚!

勃鲁托斯 记得三月十五吗? 伟大的凯撒不是为了正义的缘故而流血吗? 倘不是为了正义, 哪一个恶人可以加害他的身体? 什么! 我们曾经打倒全世界首屈一指的人物, 因为他庇护盗贼; 难道就在我们中间, 竟有人甘心让卑污的贿赂玷污他的手指, 为了盈握的废物, 出卖我们伟大的荣誉吗? 我宁愿做一头向月亮狂吠的狗, 也不愿做这样一个罗马人。

凯歇斯 勃鲁托斯, 不要向我吠叫; 我受不了这样的侮辱。你这样逼迫我, 全然忘记了你自己是什么人。我是一个军人, 经验比你多, 我知道怎样处置我自己的事情。

勃鲁托斯 哼, 不见得吧, 凯歇斯。

凯歇斯 我就是这样一个人。

勃鲁托斯 我说你不是。

凯歇斯 别再逼我吧, 我快要忘记我自己了; 留心你的安全, 别再挑拨我了吧。

勃鲁托斯 去, 卑鄙的小人!

凯歇斯 有这等事吗?

勃鲁托斯 听着, 我要说我的话。难道我必须在你的暴怒之下退让吗? 难道一个疯子的怒目就可以把我吓倒吗?

凯歇斯 神啊! 神啊! 我必须忍受这一切吗?

勃鲁托斯 这一切! 嗯, 还有哩。你去发怒到把你骄傲的心都气破了吧; 给你的奴隶们看看你的脾气多大, 让他们吓得乱抖吧。难道我必须让你吗? 我必须侍候你的颜色吗? 当你心里烦躁的时候, 我必须诚惶诚恐地站在一旁, 俯首听命吗？凭着神明起誓，即使你气破了肚子，也是你自己的事；因为从今天起，我要把你的发怒当作我的笑料呢。

凯歇斯 居然会有这样的一天吗？

勃鲁托斯 你说你是一个比我更好的军人；很好，你拿事实来证明你的夸口吧，那会使我十分高兴的。拿我自己来说，我很愿意向高贵的人学习呢。

凯歇斯 你在各方面侮辱我；你侮辱我，勃鲁托斯。我说我是一个经验比你丰富的军人，并没有说我是一个比你更好的军人；难道我说过"更好"这两个字吗？

勃鲁托斯 我不管你有没有说过。

凯歇斯 凯撒活在世上的时候，他也不敢这样激怒我。

勃鲁托斯 闭嘴，闭嘴！你也不敢这样挑惹他。

凯歇斯 我不敢！

勃鲁托斯 你不敢。

凯歇斯 什么！不敢挑惹他！

勃鲁托斯 你不敢挑惹他。

凯歇斯 不要太自恃你我的交情；我也许会做出一些将会使我后悔的事情来的。

勃鲁托斯 你已经做了你应该后悔的事。凯歇斯，凭你怎样恐吓，我都不怕；因为正直的居心便是我的有力的护身符，你那些无聊的恐吓，就像一阵微风吹过，引不起我的注意。我曾经差人来向你告借几个钱，你没有答应我；因为我不能用卑鄙的手段搜括金钱；凭着上天发誓，我宁愿剖出我的心来，把我一滴滴的血熔成钱币，也不愿从农人粗硬的手里辗转榨取他们污臭的锱铢。为了分发军队的粮饷，我差人来向你借钱，你却拒绝了我；凯歇斯可以有这样的行为吗？我会不会给卡厄斯·凯歇斯这样的答复？玛克斯·勃鲁托斯要是也会变得这样吝啬，锁住他的鄙贱的银箱，不让他的朋友们染指，那么神啊，用你们的雷火把他殛得粉碎吧！

凯歇斯　我没有拒绝你。

勃鲁托斯　你拒绝我的。

凯歇斯　我没有，传回我的答复的那家伙是个傻瓜。勃鲁托斯把我的心都劈碎了。一个朋友应当原谅他朋友的过失，可是勃鲁托斯却把我的过失格外夸大。

勃鲁托斯　我没有，是你自己对不起我。

凯歇斯　你不喜欢我。

勃鲁托斯　我不喜欢你的错误。

凯歇斯　一个朋友的眼睛决不会注意到这种错误。

勃鲁托斯　在一个佞人的眼中，即使有像俄林波斯山峰一样高大的错误，也会视而不见。

凯歇斯　来，安东尼，来，年轻的奥克泰维斯，你们向凯歇斯一个人复仇吧，因为凯歇斯已经厌倦于人世了：被所爱的人憎恨，被他的兄弟攻击，像一个奴隶似的受人呵斥，他的一切过失都被人注视记录，背诵得烂熟，作为当面揭发的罪状。啊！我可以从我的眼睛里哭出我的灵魂来。这是我的刀子，这儿是我的祖裸的胸膛，这里面藏着一颗比财神普路托斯的宝矿更富有、比黄金更贵重的心；要是你是一个罗马人，请把它挖出来吧，我拒绝给你金钱，却愿意把我的心献给你。就像你向凯撒行刺一样把我刺死了吧，因为我知道，即使在你最恨他的时候，你也爱他远胜于爱凯歇斯。

勃鲁托斯 插好你的刀子。你高兴发怒就发怒吧，高兴怎么干就怎么干吧。啊，凯歇斯！你的伙伴是一头羔羊，愤怒在他的身上，就像燧石里的火星一样，受到重大的打击，也会发出闪烁的光芒，可是一转瞬间就已经冷下去了。

凯歇斯 难道凯歇斯的伤心烦恼，只给他的勃鲁托斯作为笑料吗？

勃鲁托斯 我说那句话的时候，我自己也是脾气太坏。

凯歇斯 你也这样承认吗？把你的手给我。

勃鲁托斯 我连我的心也一起给你。

凯歇斯 啊，勃鲁托斯！

勃鲁托斯 什么事？

凯歇斯 我的母亲给了我这副暴躁的脾气，使我常常忘记我自己，看在我们友谊的情分上，你能够原谅我吗？

勃鲁托斯 是的，我原谅你；从此以后，要是你有时候跟你的勃鲁托斯过分认真，他会当作是你母亲在那儿发脾气，一切都不介意。（内喧声。）

诗人 （在内）让我进去瞧瞧两位将军；他们彼此之间有些争执，不应该让他们两人在一起。

路西律斯 （在内）你不能进去。

诗人 （在内）除了死，什么都不能阻止我。

　　　　　　诗人上，路西律斯、泰提涅斯及路歇斯随后。

凯歇斯 怎么！什么事？

诗人 呸，你们这些将军们！你们是什么意思？你们应该相亲相

爱，做两个要好的朋友；我的话不会有错，我比你们谁都
活得长久。

凯歇斯　哈哈！这个玩世的诗人吟的诗句多臭！

勃鲁托斯　滚出去，放肆的家伙，去！

凯歇斯　不要生他的气，勃鲁托斯；这是他的习惯。

勃鲁托斯　谁叫他胡说八道。在这样战争的年代，要这些胡诌几
句歪诗的傻瓜们做什么用？滚开，家伙！

凯歇斯　去，去！出去！（诗人下。）

勃鲁托斯　路西律斯，泰提涅斯，传令各将领，叫他们今晚准备
把队伍安营。

凯歇斯　你们传过了令，就带梅萨拉一起回来。（路西律斯，泰提
涅斯同下。）

勃鲁托斯　路歇斯，倒一杯酒来！（路歇斯下。）

凯歇斯　我没有想到你会这样动怒。

勃鲁托斯　啊，凯歇斯！我心里有许多烦恼。

凯歇斯　要是你让偶然的不幸把你困扰，那么你自己的哲学对你
就毫无用处了。

勃鲁托斯　谁也不比我更能忍受悲哀；鲍西娅已经死了。

凯歇斯　什么！鲍西娅！

勃鲁托斯　她死了。

凯歇斯　我刚才跟你这样吵嘴，你居然没有把我杀死，真是侥
幸！唉，难堪的、痛心的损失！害什么病死的？

勃鲁托斯　她因为舍不得跟我远别，又听到了奥克泰维斯和玛
克·安东尼的势力这样强大的消息，变得心神狂乱，乘着
仆人不在的时候，把火吞了下去。

凯歇斯　就是这样死了吗？

勃鲁托斯　就是这样死了。

凯歇斯　永生的神啊！

　　　　　　　路歇斯持酒及烛重上。

勃鲁托斯　不要再说起她。给我一杯酒。凯歇斯，在这一杯酒里，
　　我捐弃了一切猜嫌。（饮酒。）

凯歇斯　我的心企望着这样高贵的誓言，有如渴者的思饮。来，
　　路歇斯，给我倒满这一杯，我喝着勃鲁托斯的友情，是永
　　远不会餍足的。（饮酒。）

勃鲁托斯　进来，泰提涅斯。（路歇斯下。）

　　　　　　　泰提涅斯率梅萨拉重上。

勃鲁托斯　欢迎，好梅萨拉。让我们现在围烛而坐，讨论我们重
　　要的事情。

凯歇斯　鲍西娅，你去了吗？

勃鲁托斯　请你不要说了。梅萨拉，我已经得到信息，说是奥克
　　泰维斯那小子跟玛克·安东尼带了一支强大的军队，向腓
　　利比进发，要来攻击我们了。

梅萨拉　我也得到同样的信息。

勃鲁托斯　你还知道什么其他的事情？

梅萨拉　听说奥克泰维斯、安东尼和莱必多斯三人用非法的手段，
　　把一百个元老宣判了死刑。

勃鲁托斯　那么我们听到的略有不同；我得到的消息是七十个元
　　老被他们判决处死，西塞罗也是其中的一个。

凯歇斯　西塞罗也是一个！

梅萨拉　西塞罗也被他们判决处死。您没有从您的夫人那儿得到

信息吗？

勃鲁托斯　没有，梅萨拉。

梅萨拉　别人给您的信上也没有提起她吗？

勃鲁托斯　没有，梅萨拉。

梅萨拉　那可奇怪了。

勃鲁托斯　你为什么问起？你听见什么关于她的消息吗？

梅萨拉　没有，将军。

勃鲁托斯　你是一个罗马人，请你老实告诉我。

梅萨拉　那么请您用一个罗马人的精神，接受我告诉您的噩耗：
尊夫人已经死了，而且死得很奇怪。

勃鲁托斯　那么再会了，鲍西娅！我们谁都不免一死，梅萨拉；
想到她总有一天会死去，使我现在能够忍受这一个打击。

梅萨拉　这才是伟大的人物善处拂逆的精神。

凯歇斯　我可以在表面上装得跟你同样镇定，可是我的天性却受
不了这样的打击。

勃鲁托斯　好，讲我们活人的事吧。你们以为我们应不应该立刻
向腓利比进兵？

凯歇斯　我想这不是顶好的办法。

勃鲁托斯　你有什么理由？

凯歇斯　我的理由是这样的：我们最好让敌人来寻找我们，这样
可以让他们靡费军需，疲劳兵卒，削弱他们自己的实力；
我们却可以以逸待劳，蓄养我们的精锐。

勃鲁托斯　你的理由果然很对，可是我却有比你更好的理由。在
腓利比到这儿之间一带地方的人民，都是因为被迫而归顺
我们的，他们心里都怀着怨恨，对于我们的征敛早就感到

不满。敌人一路前来，这些人民一定会加入他们的队伍，增强他们的力量。要是我们到腓利比去向敌人迎击，把这些人民留在后方，就可以避免给敌人这一种利益。

凯歇斯　听我说，好兄弟。

勃鲁托斯　请你原谅。你还要注意，我们已经集合我们所有的友人，我们的军队已经达到最高的数量，我们行动的时机已经完全成熟；敌人的力量现在还在每天增加中，我们在全盛的顶点上，却有日趋衰落的危险。世事的起伏本来是波浪式的，人们要是能够趁着高潮一往直前，一定可以功成名就；要是不能把握时机，就要终身蹭蹬，一事无成。我们现在正在满潮的海上漂浮，倘不能顺水行舟，我们的事业就会一败涂地。

凯歇斯　那么就照你的意思办吧；我们要亲自前去，在腓利比和他们相会。

勃鲁托斯　我们贪着谈话，不知不觉夜已经深了。疲乏了的精神，必须休息片刻。没有别的话了吗？

凯歇斯　没有了。晚安；明天我们一早就起来，向前方出发。

勃鲁托斯　路歇斯！

　　　　　路歇斯重上。

勃鲁托斯　拿我的睡衣来。（路歇斯下）再会，好梅萨拉；晚安，泰提涅斯。尊贵的、尊贵的凯歇斯，晚安，愿你好好安息。

凯歇斯　啊，我的亲爱的兄弟！今天晚上的事情真是不幸；但愿我们的灵魂之间再也没有这样的分歧！让我们以后再也不要这样，勃鲁托斯。

勃鲁托斯　什么事情都是好好的。

凯歇斯　晚安，将军。

勃鲁托斯　晚安，好兄弟。

泰提涅、斯梅萨拉　晚安，勃鲁托斯将军。

勃鲁托斯　各位再会。（凯歇斯、泰提涅斯、梅萨拉同下。）

路歇斯持睡衣重上。

勃鲁托斯　把睡衣给我。你的乐器呢？

路歇斯　就在这儿帐里。

勃鲁托斯　什么！你说话好像在瞌睡一般？可怜的东西，我不怪你；你睡得太少了。把克劳狄斯和什么其他的仆人叫来；我要叫他们搬两个垫子来睡在我的帐内。

路歇斯　凡罗！克劳狄斯！

凡罗及克劳狄斯上。

凡罗　主人呼唤我们吗？

勃鲁托斯　请你们两个人就在我的帐内睡下；也许等会儿我有事情要叫你们起来到我的兄弟凯歇斯那边去。

凡罗　我们愿意站在这儿侍候您。

勃鲁托斯　我不要这样；睡下来吧，好朋友们；也许我没有什么事情。瞧，路歇斯，这就是我找来找去找不到的那本书；我把它放在我的睡衣口袋里了。（凡罗、克劳狄斯睡下。）

路歇斯　我原说您没有把它交给我。

勃鲁托斯　原谅我，好孩子，我的记性太坏了。你能不能够暂时睁开你的倦眼，替我弹一两支曲子？

路歇斯　好的，主人，要是您喜欢的话。

勃鲁托斯　我很喜欢，我的孩子。我太麻烦你了，可是你很愿意出力。

路歇斯　这是我的责任，主人。

勃鲁托斯　我不应该勉强你尽你能力以上的责任；我知道年轻人是需要休息的。

路歇斯　主人，我早已睡过了。

勃鲁托斯　很好，一会儿我就让你再去睡睡；我不愿耽搁你太久的时间。要是我还能够活下去，我一定不会亏待你。（音乐，路歇斯唱歌）这是一支催眠的乐曲；啊，杀人的睡眠！你把你的铅矛加在为你奏乐的我的孩子的身上了吗？好孩子，晚安；我不愿惊醒你的好梦。也许你在瞌睡之中，会打碎了你的乐器；让我替你拿去吧；好孩子，晚安。让我看，让我看，我上次没有读完的地方，不是把书页折下的吗？我想就是这儿。

　　　　　　凯撒幽灵上。

勃鲁托斯　这蜡烛的光怎么这样暗！嘿！谁来啦？我想我的眼睛有点昏花，所以会看见鬼怪。它走近我的身边来了。你是什么东西？你是神呢，天使呢，还是魔鬼，吓得我浑身冷汗，头发直竖？对我说你是什么。

幽灵　你的冤魂，勃鲁托斯。

勃鲁托斯　你来干什么？

幽灵　我来告诉你，你将在腓利比看见我。

勃鲁托斯　好，那么我将要再看见你吗？

幽灵　是的，在腓利比。

勃鲁托斯　好，那么我们在腓利比再见。（幽灵隐去）我刚鼓起一些勇气，你又不见了；冤魂，我还要跟你谈话。孩子，路歇斯！凡罗！克劳狄斯！喂，大家醒醒！克劳狄斯！

路歇斯　主人，弦子还没有调准呢。

勃鲁托斯　他以为他还在弹他的乐器呢。路歇斯，醒来！

路歇斯　主人！

勃鲁托斯　路歇斯，你做了什么梦，在梦中叫喊吗？

路歇斯　主人，我不知道我曾经叫喊过。

勃鲁托斯　你曾经叫喊过。你看见什么没有？

路歇斯　没有，主人。

勃鲁托斯　再睡吧，路歇斯。喂，克劳狄斯！你这家伙！醒来！

凡罗　主人！

克劳狄斯　主人！

勃鲁托斯　你们为什么在睡梦里大呼小叫的？

凡罗、克劳狄斯　我们在睡梦里叫喊吗，主人？

勃鲁托斯　嗯，你们瞧见什么没有？

凡罗　没有，主人，我没有瞧见什么。

克劳狄斯　我也没有瞧见什么，主人。

勃鲁托斯　去向我的兄弟凯歇斯致意，请他赶快先把他的军队开拔，我们随后就来。

凡罗、克劳狄斯　是，主人。（各下。）

第五幕

第一场　腓利比平原

奥克泰维斯及安东尼率军队上。

奥克泰维斯　现在，安东尼，我们的希望已经得到事实的答复了。你说敌人一定坚守山岭高地，不会下来；事实却并不如此，他们的军队已经向我们逼近，似乎有意要在这儿腓利比用先发制人的手段，给我们一个警告。

安东尼　嘿！我熟悉他们的心理，知道他们为什么这样做。他们的目的无非是想先声夺人，让我们看见他们的汹汹之势，认为他们的士气非常旺盛；其实完全不是这样。

一使者上。

使者　两位将军，请你们快些准备起来，敌人正在那儿浩浩荡荡地开过来了；他们已经挂出挑战的旗号，我们必须立刻布置防御的策略。

安东尼 奥克泰维斯，你带领你的一支军队向战地的左翼缓缓前进。

奥克泰维斯 我要向右翼迎击；你去打左翼。

安东尼 为什么你要在这样紧急的时候跟我闹别扭？

奥克泰维斯 我不跟你闹别扭；可是我要这样。（军队行进。）

鼓声：勃鲁托斯及凯歇斯率军队上；路西律斯、泰提涅斯、梅萨拉及余人等同上。

勃鲁托斯 他们站住了，要跟我们谈判。

凯歇斯 站定，泰提涅斯；我们必须出阵跟他们谈话。

奥克泰维斯 玛克·安东尼，我们要不要发出交战的号令？

安东尼 不，凯撒，等他们向我们进攻的时候，我们再去应战。上去；那几位将军们要谈几句话哩。

奥克泰维斯 不要动，等候号令。

勃鲁托斯 先礼后兵，是不是，各位同胞们？

奥克泰维斯 我们倒不像您那样喜欢空话。

勃鲁托斯 奥克泰维斯，良好的言语胜于拙劣的刺击。

安东尼 勃鲁托斯，您用拙劣的刺击来说您的良好的言语：瞧您刺在凯撒心上的创孔，它们在喊着，"凯撒万岁！"

凯歇斯 安东尼，我们还没有领教过您的剑法；可是我们知道您的舌头上涂满了蜜，蜂巢里的蜜都给你偷光了。

安东尼 我没有把蜜蜂的刺也一起偷走吧？

勃鲁托斯 啊，是的，您连它们的声音也一起偷走了；因为您已经学会了在刺人之前，先用嗡嗡的声音向人威吓。

安东尼 恶贼！你们在凯撒的旁边拔出你们万恶的刀子来的时

候，是连半句声音也不透出来的；你们像猴子一样露出你们的牙齿，像狗子一样摇尾乞怜，像奴隶一样卑躬屈节，吻着凯撒的脚；该死的凯斯卡却像一条恶狗似的躲在背后，向凯撒的脖子上挥动他的凶器。啊，你们这些谄媚的家伙！

凯歇斯 谄媚的家伙！勃鲁托斯，谢谢你自己吧。早依了凯歇斯的话，今天决不让他把我们这样信口侮辱。

奥克泰维斯 不用多说；辩论不过使我们流汗，我们却要用流血来判断双方的曲直。瞧，我拔出这一柄剑来跟叛徒们决战；除非等到凯撒身上三十三处伤痕的仇恨完全报复或者另外一个凯撒也死在叛徒们的刀剑之下，这一柄剑是永远不收回去的。

勃鲁托斯 凯撒，你不会死在叛徒们的手里，除非那些叛徒就在你自己的左右。

奥克泰维斯 我也希望这样，天生下我来，不是要我死在勃鲁托斯的剑上的。

勃鲁托斯 啊！孩子，即使你是你的家门中最高贵的后裔，能够死在勃鲁托斯剑上，也要算是莫大的荣幸呢。

凯歇斯 像他这样一个顽劣的学童，跟一个跳舞喝酒的浪子在一起，才不值得污我们的刀剑。

安东尼 还是从前的凯歇斯！

奥克泰维斯 来，安东尼，我们去吧！叛徒们，我们现在当面向你们挑战；要是你们有胆量的话，今天就在战场上相见，否则等你们有了勇气再来。（奥克泰维斯、安东尼率军队下。）

凯歇斯　好，现在狂风已经吹起，波涛已经澎湃，船只要在风浪
　　　　中颠簸了！一切都要信托给不可知的命运。

勃鲁托斯　喂！路西律斯！有话对你说。

路西律斯　什么事，主将？（勃鲁托斯、路西律斯在一旁谈话。）

凯歇斯　梅萨拉！

梅萨拉　主将有什么吩咐？

凯歇斯　梅萨拉，今天是我的生日；就在这一天，凯歇斯诞生到
　　　　世上。把你的手给我，梅萨拉。请你做我的见证，正像从
　　　　前庞贝一样，我是因为万不得已，才把我们全体的自由在
　　　　这一次战役中作孤注一掷的。你知道我一向很信仰伊璧鸠
　　　　鲁①的见解；现在我的思想却改变了，有些相信起预兆来
　　　　了。我们从萨狄斯开拔前来的时候，有两头猛鹰从空中飞
　　　　下，栖止在我们从前那个旗手的肩上；它们常常啄食我们
　　　　兵士手里的食物，一路上跟我们作伴，一直到这儿腓利比。
　　　　今天早晨它们却飞去不见了，代替着它们的，只有一群乌
　　　　鸦鸥鸢，在我们的头顶盘旋，好像把我们当作垂毙的猎物
　　　　一般；它们的黑影像是一顶不祥的华盖，掩覆着我们末日
　　　　在迩的军队。

梅萨拉　不要相信这种事。

凯歇斯　我也不完全相信，因为我的精神很兴奋，我已经决心用
　　　　坚定不拔的意志，抵御一切的危难。

勃鲁托斯　就这样吧，路西律斯。

　　①伊璧鸠鲁（Epicurus，公元前341-公元前270），希腊倡无神论
的享乐主义派哲学家。

凯歇斯　最尊贵的勃鲁托斯，愿神明今天护佑我们，使我们能够在太平的时代做一对亲密的朋友，直到我们的暮年！可是既然人事是这样无常，让我们也考虑到万一的不幸。要是我们这次战败了，那么现在就是我们最后一次的聚首谈心；请问你在那样的情形之下，准备怎么办？

勃鲁托斯　凯图自杀的时候，我曾经对他这一种举动表示不满；我不知道为什么，可是总觉得为了惧怕可能发生的祸患而结束自己的生命，是一件懦弱卑劣的行动；我现在还是根据这一种观念，决心用坚韧的态度，等候主宰世人的造化所给予我的命运。

凯歇斯　那么，要是我们失败了，你愿意被凯旋的敌人拖来拖去，在罗马的街道上游行吗？

勃鲁托斯　不，凯歇斯，不。尊贵的罗马人，你不要以为勃鲁托斯会有一天被人绑着回到罗马；他是有一颗太高傲的心的。可是今天这一天必须结束三月十五所开始的工作；我不知道我们能不能再有见面的机会，所以让我们从此永诀吧。永别了，永别了，凯歇斯！要是我们还能相见，那时候我们可以相视而笑；否则今天就是我们生离死别的日子。

凯歇斯　永别了，永别了，勃鲁托斯！要是我们还能相见，那时候我们一定相视而笑；否则今天真的是我们生离死别的日子了。

勃鲁托斯　好，那么前进吧。唉！要是一个人能够预先知道一天的工作的结果——可是一天的时间是很容易过去的，那结果也总会见到分晓。来啊！我们去吧！（同下。）

第二场　同前。战场

号角声；勃鲁托斯及梅萨拉上。

勃鲁托斯　梅萨拉，赶快骑马前去，传令那一方面的军队，（号角大鸣）叫他们立刻冲上去，因为我看见奥克泰维斯带领的那支军队打得很没有劲，迅速的进攻可以把他们一举击溃。赶快骑马前去，梅萨拉；叫他们全军向敌人进攻。（同下。）

第三场　战场的另一部分

号角声；凯歇斯及泰提涅斯上。

凯歇斯　啊！瞧，泰提涅斯，瞧，那些坏东西逃得多快。我自己也变成了我自己的仇敌；这是我的旗手，我看见他想要转身逃走，把这懦夫杀了，抢过了这军旗。

泰提涅斯　啊，凯歇斯！勃鲁托斯把号令发得太早了；他因为对奥克泰维斯略占优势，自以为胜利在握；他的军队忙着搜掠财物，我们却给安东尼全部包围起来。

品达勒斯上。

品达勒斯　再逃远一些，主人，再逃远一些；玛克·安东尼已经进占您的营帐了，主人。快逃，尊贵的凯歇斯，逃得远远的。

凯歇斯　这座山头已经够远了。瞧，瞧，泰提涅斯；那边有火的地方，不就是我的营帐吗？

裘力斯·凯撒

泰提涅斯　是的，主将。

凯歇斯　泰提涅斯，要是你爱我，请你骑了我的马，着力加鞭，到那边有军队的所在探一探，再飞马回来向我报告，让我知道他们究竟是友军还是敌军。

泰提涅斯　是，我就去就来。（下。）

凯歇斯　品达勒斯，你给我登上那座山顶；我的眼睛看不大清楚；留意看着泰提涅斯，告诉我你所见到的战场上的情形。（品达勒斯登山）我今天第一次透过一口气来；时间在循环运转，我在什么地方开始，也要在什么地方终结；我的生命已经走完了它的途程。喂，看见什么没有？

品达勒斯　（在上）啊，主人！

凯歇斯　什么消息？

品达勒斯　泰提涅斯给许多骑马的人包围在中心，他们都向他策马而前；可是他仍旧向前飞奔，现在他们快要追上他了；赶快，泰提涅斯，现在有人下马了；嗳哟！他也下马了；他给他们捉去了；（内欢呼声）听！他们在欢呼。

凯歇斯　下来，不要再看了。唉，我真是一个懦夫，眼看着我的最好的朋友在我的面前给人捉去，我自己却还在这世上偷生苟活！

　　　　　品达勒斯下山。

凯歇斯　过来，小子。你在巴底亚做了我的俘虏，我免了你一死，叫你对我发誓，无论我吩咐你做什么事，你都要照着做。现在你来，履行你的誓言；我让你从此做一个自由人；这柄曾经穿过凯撒心脏的好剑，你拿着它望我的胸膛里刺进去吧。不用回答我的话；来，把剑柄拿在手里；等我把脸遮上了，你就动手。好，凯撒，我用杀死你的那柄剑，替你复了仇了。（死。）

品达勒斯　现在我已经自由了；可是那却不是我自己的意思。凯歇斯啊，品达勒斯将要远远离开这一个国家，到没有一个罗马人可以看见他的地方去。（下。）

　　　　　　泰提涅斯及梅萨拉重上。

梅萨拉　泰提涅斯，双方的胜负刚刚互相抵销；因为一方面奥克泰维斯被勃鲁托斯的军队打败，一方面凯歇斯的军队也给安东尼打败。

泰提涅斯　这些消息很可以安慰安慰凯歇斯。

梅萨拉　你在什么地方离开他？

泰提涅斯　就在这座山上，垂头丧气地跟他的奴隶品达勒斯在一起。

梅萨拉　躺在地上的不就是他吗？

泰提涅斯　他躺着的样子好像已经死了。啊，我的心！

梅萨拉　那不是他吗？

泰提涅斯　不，梅萨拉，这个人从前是他，现在凯歇斯已经不在人世了。啊，没落的太阳！正像你今晚沉没在你红色的光辉中一样，凯歇斯的白昼也在他的赤血之中消隐了；罗马的太阳已经沉没了下去。我们的白昼已经过去；黑云、露水和危险正在袭来；我们的事业已成灰烬了。他因为不相信我能够不辱使命，所以才干出这件事来。

梅萨拉　他因为不相信我们能够得到胜利，所以才干出这件事来。啊，可恨的错误，你忧愁的产儿！为什么你要在人们灵敏的脑海里造成颠倒是非的幻象？你一进入人们的心中，便给他们带来了悲惨的结果。

泰提涅斯　喂，品达勒斯！你在哪儿，品达勒斯？

梅萨拉　泰提涅斯，你去找他，让我去见勃鲁托斯，把这刺耳的消息告诉他；勃鲁托斯听见了这个消息，一定会比锋利的刀刃、有毒的箭镞贯进他的耳中还要难过。

泰提涅斯　你去吧，梅萨拉；我先在这儿找一找品达勒斯。（梅萨拉下）勇敢的凯歇斯，为什么你要叫我去呢？我不是碰见你的朋友了吗？他们不是把这胜利之冠加在我的额上，叫我回来献给你吗？你没有听见他们的欢呼吗？唉！你误会了一切。可是请你接受这一个花环，让我替你戴上吧；你的勃鲁托斯叫我把它送给你，我必须遵从他的命令。勃鲁托斯，快来，瞧我怎样向卡厄斯·凯歇斯尽我的责任。允许我，神啊；这是一个罗马人的天职：来，凯歇斯的宝剑，进入泰提涅斯的心里吧。（自杀。）

　　　　号角声；梅萨拉率勃鲁托斯、小凯图、斯特莱托、伏伦涅斯及路西律斯重上。

勃鲁托斯　梅萨拉，梅萨拉，他的尸体在什么地方？

梅萨拉　瞧，那边；泰提涅斯正在他旁边哀泣。

勃鲁托斯　泰提涅斯的脸是向上的。

小凯图　他也死了。

勃鲁托斯　啊，裘力斯·凯撒！你到死还是有本领的！你的英灵不泯，借着我们自己的刀剑，洞穿我们自己的心脏。（号角低吹。）

小凯图　勇敢的泰提涅斯！瞧他替已死的凯歇斯加上胜利之冠了！

勃鲁托斯　世上还有两个和他们同样的罗马人吗？最后的罗马健儿，再会了！罗马再也不会产生可以和你匹敌的人物。朋友们，我对于这位已死的人，欠着还不清的眼泪。——慢慢地，凯歇斯，我会找到我的时间。——来，把他的尸体送到泰索斯去；他的葬礼不能在我们的营地上举行，因为恐怕影响军心。路西律斯，来；来，小凯图；我们到战场上去。拉琵奥、弗莱维斯，传令我们的军队前进。现在还只有三点钟；罗马人，在日落以前，我们还要在第二次的战争中试探我们的命运。（同下。）

第四场　　战场的另一部分

　　号角声；两方兵士交战，勃鲁托斯、小凯图、路西律斯及余人等上。

勃鲁托斯　同胞们，啊！振起你们的精神！

小凯图　哪一个贱种敢退缩不前？谁愿意跟我来？我要在战场上到处宣扬我的名字：我是玛克斯·凯图的儿子！我是暴君的仇敌，祖国的朋友；我是玛克斯·凯图的儿子！

勃鲁托斯　我是勃鲁托斯，玛克斯·勃鲁托斯就是我；勃鲁托斯，祖国的朋友；请认明我是勃鲁托斯！（追击敌人下；小凯图被敌军围攻倒地。）

路西律斯　啊，年轻高贵的小凯图，你倒下了吗？啊，你现在像泰提涅斯一样勇敢地死了，你死得不愧为凯图的儿子。

兵士甲　不投降就是死。

路西律斯　我愿意投降，可是看在这许多钱的面上，请你们把我立刻杀死。（取钱赠兵士）你们杀死了勃鲁托斯，也算立了一件大大的功劳。

兵士甲　我们不能杀你。一个尊贵的俘虏！

兵士乙　喂，让开！告诉安东尼，勃鲁托斯已经捉住了。

兵士甲　我去传报这消息。主将来了。

　　　　　安东尼上。

兵士甲　主将，勃鲁托斯已经捉住了。

安东尼　他在哪儿？

路西律斯　安东尼，勃鲁托斯还是安然无恙。我敢向你说一句，没有一个敌人可以把勃鲁托斯活捉；神明保佑他不致于遭到这样的耻辱！你们找到他的时候，不论是死的还是活的，他一定会保持他的堂堂的荣誉。

安东尼　朋友，这个人不是勃鲁托斯，可是也不是一个等闲之辈。不要伤害他，把他好生看待。我希望我有这样的人做我的朋友，而不是做我的仇敌。去，看看勃鲁托斯有没有死；有什么消息就到奥克泰维斯的营帐里来报告我们。（各下。）

第五场　战场的另一部分

　　　　　勃鲁托斯、达台涅斯、克列特斯、斯特莱托及伏伦涅斯上。

勃鲁托斯　来，残余下来的几个朋友，在这块岩石上休息休息吧。

克列特斯　我们望见斯泰提律斯的火把，可是他没有回来；大概不是捉了去就是死了。

勃鲁托斯 坐下来，克列特斯。他一定死了；多少人都死了。听着，克列特斯。（向克列特斯耳语。）

克列特斯 什么，我吗，主人？不，那是万万不能的。

勃鲁托斯 那么算了！不要多说话。

克列特斯 我宁愿自杀。

勃鲁托斯 听着，达台涅斯。（向达台涅斯耳语。）

达台涅斯 我必须干这样一件事吗？

克列特斯 啊，达台涅斯！

达台涅斯 啊，克列特斯！

克列特斯 勃鲁托斯要求你干一件什么坏事？

达台涅斯 他要我杀死他，克列特斯。瞧，他在出神呆想。

克列特斯 他的高贵的心里装满了悲哀，甚至于在他的眼睛里流露出来。

勃鲁托斯 过来，好伏伦涅斯，听我一句话。

伏伦涅斯 主将有什么吩咐？

勃鲁托斯 是这样的，伏伦涅斯。凯撒的鬼魂曾经两次在夜里向我出现；一次在萨狄斯，一次就是昨天晚上，在这儿腓利比的战场上。我知道我的末日已经到了。

伏伦涅斯 不会有的事，主将。

勃鲁托斯 不，我确信我的末日已经到了，伏伦涅斯。你看大势已经变化到什么地步；我们的敌人已经把我们逼到了山穷水尽之境，与其等待他们来把我们推落深坑，还不如自己先跳下去。好伏伦涅斯，我们从前曾经在一起求学，看在我们旧日的交情分上，请你拿着我的剑柄，让我伏剑而死。

裘力斯·凯撒

伏伦涅斯 主将，那不是一件可以叫一个朋友做的事。（号角声继续不断。）

克列特斯 快逃，快逃，主人！这儿是不能久留的。

勃鲁托斯 再会，你，你，还有你，伏伦涅斯。斯特莱托，你已经瞌睡了这大半天，再会了，斯特莱托。同胞们，我很高兴在我的一生之中，只有他还尽忠于我。我今天虽然战败了，可是将要享有比奥克泰维斯和玛克·安东尼在这次卑鄙的胜利中所得到的更大的光荣。大家再会了；勃鲁托斯的舌头已经差不多结束了他一生的历史；暮色罩在我的眼睛上，我的筋骨渴想得到它劳苦已久的安息。（号角声；内呼声，"逃啊，逃啊，逃啊！"）

克列特斯 快逃吧，主人，快逃吧。

勃鲁托斯 去！我就来。（克列特斯、达台涅斯、伏伦涅斯同下）斯特莱托，请你不要去，陪着你的主人。你是一个心地很好的人，你的为人还有几分义气；拿着我的剑，转过你的脸，让我对准剑锋扑上去。你肯不肯这样做，斯特莱托？

斯特莱托 请您先允许我握一握您的手；再会了，主人。

勃鲁托斯 再会了，好斯特莱托。（扑身剑上）凯撒，你现在可以瞑目了；我杀死你的时候，还不及现在一半的坚决。（死。）

　　　　号角声；吹退军号；奥克泰维斯、安东尼、梅萨拉、路西律斯及军队上。

奥克泰维斯 那是什么人？

梅萨拉 我的主将的仆人。斯特莱托，你的主人呢？

斯特莱托 他已经永远脱离了加在你身上的那种被俘的命运了，梅萨拉；胜利者只能在他身上举起一把火来，因为只有勃鲁托斯能够战胜他自己，谁也不能因他的死而得到荣誉。

路西律斯　勃鲁托斯的结果应当是这样的。谢谢你，勃鲁托斯，因为你证明了路西律斯的话并没有说错。

奥克泰维斯　所有跟随勃鲁托斯的人，我都愿意把他们收留下来。朋友，你愿意跟随我吗？

斯特莱托　好，只要梅萨拉肯把我举荐给您。

奥克泰维斯　你把他举荐给我吧，好梅萨拉。

梅萨拉　斯特莱托，我们的主将怎么死的？

斯特莱托　我拿了剑，他扑了上去。

梅萨拉　奥克泰维斯，他已经为我的主人尽了最后的义务，您把他收留下来吧。

安东尼　在他们那一群中间，他是一个最高贵的罗马人；除了他一个人以外，所有的叛徒们都是因为妒嫉凯撒而下毒手的；只有他才是激于正义的思想，为了大众的利益，而去参加他们的阵线。他一生善良，交织在他身上的各种美德，可以使造物肃然起立，向全世界宣告，"这是一个汉子！"

奥克泰维斯　让我们按照他的美德，给他应得的礼遇，替他殡葬如仪。他的尸骨今晚将要安顿在我的营帐里，他必须充分享受一个军人的荣誉。现在传令全军安息；让我们去分派今天的胜利的光荣吧。（同下。）